인간은 이 세상의 거대한 꿩이다

DER MENSCH IST EIN GROßER FASAN AUF DER WELT
by Herta Müller

이 도서의 국립중앙도서관 출판시도서목록(CIP)은
e-CIP 홈페이지(http://www.nl.go.kr/cip.php)에서 이용하실 수 있습니다.
(CIP제어번호: CIP2010002821)

인간은 이 세상의 거대한 꿩이다

Herta Müller
Der Mensch ist ein großer Fasan
auf der Welt

헤르타 뮐러 장편소설 | 김인순 옮김

문학동네

동쪽과 서쪽의 눈꺼풀 사이로
흰자위가 드러난다.
동공은 보이지 않는다.

잉게보르크 바흐만

차례

구덩이

전몰자 기념비 주변에 장미가 피어 있다. 장미는 우거진 덤불. 아주 무성하게 자라나 풀들의 숨통을 틀어막는다. 종이처럼 돌돌 말린 작고 흰 꽃을 피운다. 꽃들이 바스락거린다. 동이 튼다. 곧 날이 환해질 것이다.

빈디시는 매일 아침 홀로 자전거를 타고 방앗간으로 가면서 날짜를 센다. 전몰자 기념비 앞에서는 햇수를 헤아린다. 기념비를 지나 첫번째 포플러나무 앞의 늘 똑같은 자리, 움푹 팬 구덩이에 이르면 날수를 센다. 그리고 저녁에 방앗간 문을 걸어 잠그면서 또 한 번 햇수와 날수를 헤아린다.

작고 흰 장미 꽃송이, 전몰자 기념비, 포플러나무는 멀리서부터 눈에 들어온다. 안개 긴 날이면, 장미꽃의 흰색과 석조 기념비의 흰색은 자전거를 타고 달리는 빈디시의 앞으로 바싹 다가온다. 빈디시는 그 흰색을 뚫고 달린다. 축축하게 젖은 얼굴로 기념비 앞에 도착할 때까지 페달을 밟는다. 두 번 장미꽃 덤불이 앙상한 가시를 드러냈고, 두 번 그 아래의 잡초가 적갈색으로 시들었다. 두 번 포플러나무가 부러질 듯한 앙상한 가지를 내보였다. 두 번 눈雪이 길을 뒤덮었다.

빈디시는 전몰자 기념비 앞에서는 이 년이라는 햇수를 세고, 포플러나무 앞의 움푹 팬 구덩이에서는 이백이십일 일이라는 날수를 헤아린다.

날마다, 구덩이를 지나며 자전거가 덜커덩거릴 때마다 빈디시는 생각한다. '이젠 정말 끝이야.' 루마니아를 영영 떠나기로 작정한 후부터 그는 마을 어디서나 끝을 본다. 그리고 마을에 주저앉으려는 사람들에게서는 멈춰선 시간을 본다. 빈디시는 야간경비원이 마을에 그대로 머무르리라는 것을 안다. 그 끝을 넘어서.

빈디시는 이백이십일 일을 세고 구덩이를 지나며 덜커덩 흔들린 후에 처음으로 자전거에서 내린다. 포플러나무에 자전거를 기대놓는다. 그의 발소리가 크게 울린다. 성당 정원에서 들비둘기들이 푸드덕 날아오른다. 비둘기들은 새벽의 여명처럼 회색이다. 다만 여명과는 다르게 시끄러운 소리를 낼 뿐이다.

빈디시는 성호를 긋는다. 성당의 문손잡이가 눅눅하다. 손잡이가 그의 손에 척 들러붙는다. 성당 문은 잠겨 있다. 벽 너머에 성 안토니우스가 서 있다. 하얀 백합꽃과 갈색 책을 손에 들고. 성 안토니우스는 성당 안에 갇혀 있다.

빈디시는 오싹 한기를 느낀다. 그는 길을 내려다본다. 길이 끝나는 곳에서 풀들이 마을을 향해 진격한다. 거기 길 끝에서 한 남자가 걸어간다. 남자는 마치 식물들 속으로 걸어들어가는 검은 끈처럼 보인다. 마을을 향해 진격해가는 풀이 남자를 땅 위로 들어올린다.

땅개구리

방앗간은 말이 없다. 벽들은 말이 없다. 지붕은 말이 없다. 방아의 바퀴들은 말이 없다. 빈디시는 스위치를 눌러 불을 껐다. 바퀴들 사이로 깜깜한 밤이 내려앉는다. 어두운 대기가 밀가루 먼지와 파리와 포대를 꿀꺽 집어삼켰다.

야간경비원이 방앗간 벤치에 앉아 있다. 그는 자고 있다. 입

을 쩍 벌리고. 경비원이 키우는 개의 두 눈이 벤치 아래서 반짝
인다.

빈디시는 양손과 무릎으로 밀가루포대를 나른다. 포대를 방
앗간 벽에 기대놓는다. 개가 빈디시를 바라보며 하품한다. 흰 이
빨들이 물어뜯을 듯 사나워 보인다.

문의 열쇠구멍 속에서 열쇠가 빙그르르 돌아간다. 빈디시의
손가락 사이에서 자물쇠가 찰칵 소리를 낸다. 빈디시는 수를 센
다. 관자놀이가 쿵쿵 울리는 소리를 들으며 생각한다. '내 머릿
속이 시계라니까.' 그는 열쇠를 호주머니에 집어넣는다. 개가
짖는다. "시계태엽이 끊어질 때까지 팽팽하게 감아야지." 빈디
시는 큰 소리로 말한다.

야간경비원이 이마 깊숙이 모자를 눌러쓴다. 눈을 뜨고 하품
한다. "근무중 이상 없음." 그는 말한다.

빈디시는 방앗간 연못 쪽으로 향한다. 연못가에 밀짚 더미가
높이 쌓여 있다. 밀짚 더미는 수면에 검은 얼룩을 드리운다. 얼
룩은 깔때기 모양으로 물속 깊이 잠긴다. 빈디시는 밀짚 더미에
서 자전거를 끌어낸다.

"밀짚 속에 쥐가 한 마리 있더라고." 야간경비원은 말한다. 빈
디시는 안장에 붙은 지푸라기를 떼어낸다. 그는 그것을 물속으
로 휙 던진다. "나도 봤어. 쥐가 물속으로 뛰어들던데." 빈디시

가 대꾸한다. 지푸라기들이 물 위를 머리카락처럼 떠다닌다. 작은 파문이 인다. 검은 깔때기가 헤엄을 친다. 빈디시는 수면에 어른거리는 자신의 모습을 본다.

야간경비원이 개의 불룩한 배를 걷어찬다. 개가 깽깽거린다. 빈디시는 깔때기를 바라보며 물속에서 들려오는 깽깽거리는 소리를 듣는다. "밤이 참 길어." 야간경비원은 말한다. 빈디시는 한 걸음 뒤로 물러난다. 연못가에서 멀어진다. 연못을 등진 채 꼼짝하지 않는 밀짚 더미가 보인다. 밀짚 더미는 잠잠하다. 깔때기와는 전혀 상관없이. 그것은 밝게 빛난다. 밤보다 밝게.

신문이 바스락거린다. 야간경비원이 말한다. "배가 출출하구먼." 그는 베이컨과 빵을 꺼낸다. 손에 쥔 칼이 번득인다. 그는 빵을 썹는다. 칼날로 손목을 벅벅 긁으며.

빈디시는 자전거를 끈다. 달을 바라본다. "인간은 이 세상의 거대한 꿩이야." 야간경비원은 빵을 썹으며 나지막이 말한다. 빈디시는 밀가루포대를 들어올려 자전거에 싣는다. "인간은 강해." 그가 말한다. "짐승보다 더 강하지."

신문 귀퉁이가 바람에 펄럭인다. 바람이 신문을 마치 손처럼 잡아당긴다. 야간경비원은 칼을 벤치에 내려놓는다. "내가 깜박 잠들었나봐." 그가 말한다. 빈디시는 자전거 위로 몸을 숙인다. 그는 고개를 들며 말한다. "나 때문에 깼군." "자네 때문이 아니야." 야간경비원은 말한다. "우리 집사람이 깨웠어." 그는 윗옷에 떨어진 빵 부스러기를 털어낸다. "내가 잘 수 없으리란 걸 애초에 알고 있었어." 야간경비원은 말한다. "달이 크구먼. 마른 개구리의 꿈을 꾸었어. 죽을 만큼 피곤했는데도 잘 수가 없었어. 침대에 땅개구리가 누워 있었거든. 집사람과 얘기하는데, 땅개구리가 집사람의 눈으로 나를 쳐다보는 거야. 집사람처럼 머리도 땋았더라고. 그리고 집사람의 잠옷을 걸쳤는데, 옷자락이 배까지 말려올라가 있었어. 나는 축 늘어진 허벅지나 좀 가리라고 했어. 집사람한테 그렇게 말하자, 땅개구리가 잠옷을 허벅지 아래로 잡아내리더구먼. 나는 침대 옆의 의자에 앉았어. 땅개구리가 집사람의 입으로 미소를 지었어. 그러고는 의자가 삐걱거린다고 말했어. 사실 의자는 삐걱거리지 않았는데 말이야. 땅개구리가 집사람의 머리채를 제 어깨에 올려놓았어. 머리카락은 잠옷만큼이나 길었지. 당신 머리카락이 많이 자랐네, 하고 내가 말했어. 그러자 땅개구리가 고개를 쳐들고 이렇게 소리를 지르지 뭔가. 당신 술 취했어. 그러다 의자에서 툭 떨어지겠어."

달이 구름에 가려 불그스름하게 얼룩진다. 빈디시는 방앗간 벽에 몸을 기댄다. "인간은 어리석어." 야간경비원이 말한다. "늘 용서할 준비가 되어 있지." 개가 베이컨 껍질을 허겁지겁 먹어치운다. "나는 집사람을 전부 용서했어." 야간경비원은 말한다. "빵가게 주인 일도 용서했고, 도시에서 한 짓도 용서했어." 그는 손끝으로 칼날을 쓸어본다. "온 마을 사람들이 날 비웃더 군." 빈디시는 한숨을 내쉰다. "나는 집사람의 눈을 더는 똑바로 쳐다볼 수 없었어." 야간경비원은 말한다. "가족이고 뭐고 없다 는 듯이 그렇게 빨리 세상을 떠나버리다니, 그것 하나만은 도저 히 용서할 수 없었어."

"여자들이 대체 뭣 때문에 존재하는지 몰라." 빈디시가 말한 다. 야간경비원은 어깨를 으쓱한다. "우리를 위해선 아니야." 그 가 말한다. "나를 위해서도, 자네를 위해서도 아니야. 누굴 위해 존재하는지 난 모르겠어." 야간경비원은 개를 쓰다듬는다. "그 리고 딸아이들, 그 아이들도 당연히 언젠가는 여자가 되겠지." 빈디시는 말한다.

자전거 위로 그림자가 드리우고, 풀밭에 그림자가 드리운다. "우리 아말리에도 숫처녀가 아니야." 빈디시는 말한다. 그 문장 의 의미를 머릿속으로 헤아려본다. 야간경비원은 불그스름한 달 의 얼룩을 올려다본다. "딸아이의 장딴지가 꼭 참외 같다니까." 빈디시는 말한다. "자네 말처럼, 나도 이제 딸아이의 눈을 똑바 로 볼 수가 없어. 그 아이의 눈에 그늘이 있어." 개가 고개를 돌 린다. "눈은 거짓말을 해." 야간경비원이 말한다. "장딴지는 거 짓말을 하지 않지." 그는 두 발을 벌린다. "자네 딸이 어떻게 걷

17

는지 유심히 지켜봐." 그가 말한다. "걸을 때 발끝이 벌어지면 사달이 난 거야."

야간경비원은 모자를 손에 들고 빙그르르 돌린다. 개가 바닥에 누워 바라본다. 빈디시는 침묵을 지킨다. "이슬이 내리는구먼. 밀가루가 눅눅해지겠어." 야간경비원은 말한다. "이장이 화내겠는걸."

새 한 마리가 연못 위로 날아간다. 끈으로 당겨지듯 똑바로 천천히. 수면에 바짝 붙어서. 마치 땅 위를 날듯이. 빈디시는 눈으로 새를 좇는다. "꼭 고양이 같군." "올빼미야." 야간경비원은 말한다. 그러고는 한 손으로 입을 가린다. "밤마다 크로너 할멈 집에 불이 켜진 게 벌써 사흘째야." 빈디시는 자전거를 끌고 간다. "할멈은 죽지 않을 거야." 그가 말한다. "올빼미가 어느 집 지붕에도 내려앉지 않았으니까."

빈디시는 풀밭을 가로지르며 달을 바라본다. "빈디시, 분명히 말하는데, 여자들은 사람을 속인다니까." 야간경비원이 소리친다.

바늘

　목수의 집에는 아직 불이 환하게 켜져 있다. 빈디시는 멈춰선다. 유리창이 번쩍인다. 길이 유리창에 비친다. 나무들이 유리창에 비친다. 유리창에 비친 형상이 커튼을 뚫고 들어간다. 커튼 자락의 꽃다발 무늬 레이스를 뚫고 방 안으로 들어간다. 관 뚜껑이 사기난로 옆 벽에 기대세워져 있다. 관 뚜껑은 크로너 할멈의 죽음을 기다린다. 뚜껑에 할멈의 이름이 쓰여 있다. 가구가 많은데도 너무 밝아서 방이 텅 빈 것 같다.

　목수는 식탁을 등지고 의자에 앉아 있다. 목수의 아내는 남편 앞에 서 있다. 그녀는 줄무늬 잠옷 차림이고, 바늘을 들고 있다. 바늘 끝에 회색 실이 대롱거린다. 목수는 아내에게 집게손가락을 내민다. 목수의 아내가 살에 박힌 나뭇조각을 바늘 끝으로 찌른다. 집게손가락에서 피가 난다. 목수는 얼른 손가락을 움츠린다. 목수의 아내는 바늘을 떨어뜨린다. 눈을 내리깔고는 웃는다. 목수는 아내의 잠옷 아래로 손을 밀어넣는다. 잠옷이 위로 말려 올라간다. 줄무늬가 굽이친다. 목수는 피가 흐르는 손가락으로 아내의 젖가슴을 움켜쥔다. 젖가슴은 풍만하다. 젖가슴이 바르르 떨린다. 회색 실은 의자 다리에 매달려 있다. 바늘 끝이 아래로 향한 채 대롱거린다.

관 뚜껑 옆에 침대가 있다. 베개는 다마스크로 만들어진 것이다. 크고 작은 물방울무늬가 흩뿌려져 있다. 침대의 이불이 들춰져 있다. 침대 시트도 하얗고, 이불도 하얗다.

창밖으로 올빼미가 지나간다. 그 모습이 한쪽 날개 길이만큼 창유리에 비친다. 새는 날아가면서 움찔한다. 비스듬히 빛을 받은 올빼미는 두 배로 커진다.

목수의 아내는 구부정하니 허리를 굽히고 식탁 앞을 왔다갔다한다. 목수가 아내의 다리 사이로 손을 뻗는다. 목수의 아내는 대롱거리는 바늘을 바라본다. 바늘을 붙잡으려고 손을 내민다. 실이 흔들거린다. 목수의 아내는 손을 아래로 떨어뜨린다. 그녀는 눈을 감는다. 입을 벌린다. 목수는 아내의 손목을 붙들고 침대로 이끈다. 바지를 의자 위에 내던진다. 팬티가 바짓가랑이 사이에 흰 행주처럼 걸려 있다. 목수의 아내는 무릎을 구부려 허벅다리를 세운다. 배가 밀가루 반죽처럼 출렁인다. 그녀의 두 다리가 침대 시트 위로 흰 창틀처럼 솟아 있다.

침대 위에 검은 액자가 걸려 있다. 액자의 사진 속에서 목수의 어머니는 두건 쓴 머리를 남편의 모자 차양에 기대고 있다. 유리에 얼룩 한 점이 묻어 있다. 목수의 어머니 턱 바로 위에. 사진 속에서 목수의 어머니는 미소짓고 있다. 곧 다가올 죽음을 향해 미소짓고 있다. 일 년이 채 못 되어서 다가올 죽음을 향해. 벽을 사이에 둔 옆방에서 그녀는 미소짓고 있다.

우물가에서 자전거가 빙그르르 돈다. 커다란 달이 물을 마시기 때문이다. 바퀴살에 바람이 걸려 있기 때문이다. 밀가루포대는 축축하다. 마치 잠든 사람처럼 뒷바퀴 위로 축 늘어져 있다. '밀가루포대가 아니라 죽은 사람이 뒤에 매달려 있는 것 같군.' 빈디시는 생각한다.

빈디시는 고집스럽게 뻣뻣해진 페니스가 허벅다리를 스치는 걸 느낀다.

'목수의 어머니는 차갑게 식었어.' 빈디시는 생각한다.

하얀 달리아

찌는 듯한 8월의 무더위 속에서 목수의 어머니는 커다란 수박을 두레박에 담아 우물 아래로 내려뜨렸다. 두레박 주위의 우물물이 출렁였다. 초록색 수박껍질을 에워싸고 물이 쿨렁 움직였다. 물은 수박을 시원하게 식혀주었다.

목수의 어머니는 커다란 칼을 들고 텃밭으로 나갔다. 밭길이 고랑처럼 깊게 패어 있었다. 양상추가 무성하게 자랐다. 줄기에서 흘러나온 뽀얀 유액 때문에 양상추 이파리들이 서로 들러붙어 있었다. 목수의 어머니는 칼을 들고 밭고랑을 지나갔다. 텃밭이 끝나고 울타리가 시작되는 곳에 하얀 달리아가 피어 있었다. 달리아는 어깨까지 닿았다. 목수의 어머니는 달리아의 향기를 맡았다. 하얀 꽃잎의 향기를 오래도록 맡았다. 그녀는 달리아를 들이마셨다. 그러고는 이마를 문지르며 마당을 바라보았다.

　목수의 어머니는 커다란 칼로 하얀 달리아를 베었다.

　"수박은 그냥 핑계였어." 장례식을 치른 후에 목수는 말했다. "달리아가 어머니의 숙명이었어." 이웃집 여인도 거들었다. "그 달리아는 얼굴이었어요."

　"올여름엔 무척 건조했잖아요." 목수의 아내가 말했다. "그래서 살짝 안으로 말린 하얀 꽃잎이 얼마나 탐스러웠는지 몰라요. 그렇게 큰 달리아 꽃은 보기 어려울걸요. 게다가 올여름엔 바람이 불지 않아서 꽃잎도 떨어지지 않았어요. 벌써 오래전에 말라 비틀어졌는데도 그냥 달려 있었다니까요."

　"참 배겨내기 어려워." 목수는 말했다. "도대체 이걸 배겨낼 사람이 어디 있겠어."

　목수의 어머니가 베어낸 달리아로 무엇을 했는지는 아무도 모른다. 목수의 어머니는 달리아를 집으로 가져오지 않았다. 방 안에 꽂아두지 않았다. 달리아는 텃밭에도 없었다.

"어머니가 텃밭에서 나오는데, 커다란 칼을 손에 들고 있더라고." 목수는 말했다. "어머니 눈 속에 언뜻 달리아 비슷한 것이 비치는 것 같았어. 흰자위가 메말라 보였지."

목수는 말을 이었다. "수박이 차가워지길 기다리는 동안, 달리아 꽃잎들을 잡아뜯은 거 같아. 잡아뜯은 꽃잎들을 손에 쥐고 있었어. 꽃잎이 한 장도 땅에 떨어져 있지 않았거든. 텃밭이 방 안처럼 말끔하더라고."

목수는 말했다. "내 생각에는 커다란 칼로 땅에 구멍을 판 것 같아. 그 구멍 속에 달리아를 파묻었을 거야."

목수의 어머니는 오후 늦게 우물 속의 두레박을 끌어올렸다. 그리고 수박을 부엌 식탁으로 가져갔다. 칼끝으로 초록색 껍질을 찔렀다. 커다란 칼을 쥔 팔을 한 바퀴 빙 돌려 수박을 반으로 갈랐다. 수박이 쪼개졌다. 수박은 그르렁거렸다. 두 동강이 나기 전까지 수박은 우물 속에서, 그리고 부엌 식탁 위에서 살아 있었다.

목수의 어머니는 눈을 번쩍 떴다. 달리아처럼 메마른 눈은 그다지 커 보이지 않았다. 칼날에서 과즙이 뚝뚝 떨어졌다. 작은 두 눈이 증오심에 가득 차 붉은 과육을 바라보았다. 까만 수박씨들이 빗살처럼 촘촘히 박혀 있었다.

목수의 어머니는 수박을 얇게 썰지 않았다. 수박 반 통을 그대로 앞에 놓고서 칼끝으로 붉은 과육을 도려냈다. "어머니의 그런 탐욕스런 눈빛은 생전 처음 봤어." 목수는 말했다.

붉은 즙이 식탁 위로 뚝뚝 떨어졌다. 목수의 어머니의 입가에서도 뚝뚝 떨어졌다. 팔꿈치에서도 뚝뚝 떨어졌다. 붉은 즙이 부엌 바닥에 들러붙었다.

"어머니의 이가 참 희고 차가워 보였어." 목수는 말했다. "어머니는 수박을 베어물며 말했어. 그런 눈빛으로 보지 마라. 내 입을 보지 말라니까. 그러고는 까만 수박씨를 식탁에 뱉었지."

"나는 시선을 돌렸어. 그래도 부엌을 나가지는 않았어. 왠지 수박이 무섭더군." 목수는 말했다. "나는 창밖의 길만 멍하니 내다보았어. 그때 마침 웬 낯선 남자가 지나가더라고. 그 남자는 성큼성큼 걸음을 떼며 혼잣말을 웅얼거렸어. 등뒤에서는 어머니가 칼로 수박을 도려내는 소리가 들렸어. 수박을 와삭와삭 베어먹는 소리, 꿀꺽 삼키는 소리. 나는 어머니 쪽으로 고개를 돌리지 않은 채 말했어. 어머니, 그만 좀 드세요."

목수의 어머니는 한 손을 쳐들었다. "어머니는 소리를 질렀어. 고래고래 소리를 질러대는 통에 뒤를 돌아보았지." 목수는 말했다. "어머니가 칼을 들고 을러대더군. 이건 여름도 아니야,

24

넌 사람도 아니야. 이렇게 고래고래 소리를 질렀어. 머릿속이 지끈거리고 뱃속이 바싹 타들어가는 것 같아. 올여름은 세월의 불길을 한꺼번에 뿜어내고 있어. 날 식혀주는 건 수박뿐이야."

재봉틀

길은 울퉁불퉁하고 좁다. 나무들 뒤에서 올빼미가 큰 소리로 운다. 새는 내려앉을 지붕을 찾고 있다. 집들은 하얀 석회로 응고되었다.

안개 속에서 빈디시는 고집스러운 페니스를 느낀다. 바람이 나무를 두드린다. 바느질을 한다. 바람은 밀가루포대를 땅속에 꿰맨다.

빈디시의 귀에 아내의 목소리가 들려온다. 아내는 말한다. "몰인정한 인간." 매일 저녁 침대에서 빈디시가 아내 쪽으로 몸을 돌리고 숨결을 내뿜을 때마다 아내는 "몰인정한 인간"이라고 말한다. 빈디시의 아내는 이 년 전에 자궁을 들어내었다. "의사가 하지 말랬어요." 빈디시의 아내는 말한다. "당신 좋으라고 내

방광을 혹사시키고 싶진 않아요."

빈디시는 이렇게 말하는 아내와 자신의 얼굴 사이에서 아내의 차가운 분노를 느낀다. 빈디시의 아내는 남편의 어깨를 붙잡는다. 이따금 남편의 어깨에 손이 닿을 때까지 조금 시간이 걸리기도 한다. 어깨를 붙잡으면, 어둠 속에서 빈디시의 귀에 대고 속삭인다. "당신도 이제 손자를 볼 나이예요. 우리 시대는 지나갔다고요."

지난여름 빈디시는 집으로 돌아오는 길에 밀가루 두 포대를 날랐다.

빈디시는 창문을 두드렸다. 이장이 커튼 사이로 손전등을 비추었다. "뭐 하러 창문을 두드리나." 이장은 말했다. "밀가루는 마당에 내려놓게. 대문은 열려 있네." 이장의 목소리는 잠에 취해 있었다. 그날 밤, 천둥 번개가 몰아쳤다. 창문 앞 풀밭에 번갯불이 번쩍했다. 이장은 손전등을 껐다. 잠을 깬 이장이 큰 소리로 말했다. "앞으로 다섯 번만 더 가져오게, 빈디시." 이장은 말했다. "그리고 새해에는 돈을 가져오게. 그러면 부활절엔 여권이 나올걸세."

우르릉 쾅쾅 천둥이 쳤다. 이장은 유리창을 바라보았다. "밀가루를 처마 아래로 들여놔야겠네." 이장이 말했다. "비가 오겠어."

'그후로 밀가루를 열두 번이나 갖다줬어. 돈도 만 레이나 갖

다 바치고. 그런데 부활절은 벌써 오래전에 지나갔어.' 빈디시
는 생각한다. 창문을 두드리지 않은 지도 벌써 오래되었다. 빈디
시는 대문을 연다. 밀가루포대를 배로 받친 채 마당에 내려놓는
다. 비가 오지 않아도 처마 밑에 내려놓는다.

자전거가 가볍다. 바퀴가 굴러가고, 빈디시는 자전거를 꼭 붙
잡는다. 자전거가 풀밭을 굴러가면, 빈디시의 발소리는 들리지
않는다.

천둥 번개가 몰아치던 그날 밤, 창문들은 전부 캄캄했다. 빈디
시는 긴 통로에 서 있었다. 번개가 땅을 갈랐다. 천둥이 그 갈라
진 틈새로 마당을 우겨넣었다. 빈디시의 아내는 현관문의 열쇠
가 돌아가는 소리를 듣지 못했다.

빈디시는 현관에 서 있었다. 천둥이 멀리 마을 위, 채소밭 너
머를 강타하면서 차가운 정적이 밤을 휩쓸었다. 빈디시의 동공
도 차가워졌다. 밤이 산산이 부서지며 마을 위 하늘이 별안간
눈부시게 밝아지는 느낌이었다. 빈디시는 현관에 서서, 지금 집
안으로 들어가지 않으면, 채소밭 사이로 이 세상 만물의 빈약한
종말을 보고, 사방 천지에서 자신의 종말을 보게 될 거라고 생
각했다.

방문 뒤에서 아내의 신음소리가 고집스럽고 단조롭게 이어졌
다. 마치 재봉틀 소리처럼.

빈디시는 방문을 열어젖혔다. 전등 스위치를 켰다. 아내의 두 다리가 침대 시트 위에 활짝 열린 창문처럼 세워져 있었다. 빛에 드러난 다리가 움찔거렸다. 빈디시의 아내는 눈을 번쩍 떴다. 밝은 빛에 눈부셔하지는 않았다. 다만 멍하니 경직되어 있었을 뿐이다.

빈디시는 허리를 굽혔다. 구두끈을 풀었다. 팔 아래로 아내의 허벅지가 보였다. 아내가 끈적거리는 손가락을 털 속에서 빼내는 것이 보였다. 아내는 그 손을 어디에 두어야 할지 알지 못했다. 마침내 아내는 손을 자신의 벌거벗은 배에 올려놓았다.

빈디시는 구두에 시선을 둔 채 말했다. "그러니까 이거였군. 방광이 어쩌고저쩌고 하더니 바로 이거였단 말이지, 귀부인 마나님." 빈디시의 아내는 손가락이 끈적거리는 손으로 얼굴을 가렸다. 두 다리를 침대 발치 쪽으로 뻗었다. 양 무릎을 꼭 붙여서, 빈디시의 눈에는 다리 하나와 발바닥 두 개만 보였다.

빈디시의 아내는 벽 쪽으로 얼굴을 돌리고 엉엉 울었다. 더 젊을 때의 목소리로 오래도록 울었다. 제 나이의 목소리로 잠깐 소리 죽여 울었다. 다른 여자의 목소리로 세 번 흐느꼈다. 그러고는 잠잠해졌다.

빈디시는 전등 스위치를 껐다. 따뜻한 침대로 올라갔다. 아내가 뱃속의 것을 모조리 쏟아낸 양, 침대가 질퍽거리는 느낌이었다.

빈디시는 잠이 아내를 질펙거리는 수렁 깊숙이 밀어넣는 소리를 들었다. 아내의 숨결만이 그르렁거렸다. 빈디시는 피곤하고 멍했다. 세상만사에서 아득히 멀어진 것만 같았다. 세상의 종말을 맞이한 듯, 빈디시의 종말을 맞이한 듯, 아내의 숨결은 그르렁거렸다.

그날 밤, 그녀의 잠이 너무 멀리 가는 바람에, 어떤 꿈도 그녀를 찾지 못했다.

검은 얼룩

사과나무 뒤에 모피가공사네 창문이 걸려 있다. 창문들은 환하게 불을 밝히고 있다. '저 친구는 여권이 나왔어.' 빈디시는 생각한다. 창문들은 눈부시게 밝고, 유리는 헐벗었다. 모피가공사는 살림살이를 모조리 팔아치웠다. 방들이 텅 비었다. "저 사람들 커튼을 팔았군." 빈디시는 혼잣말을 중얼거린다.

모피가공사는 사기난로에 기대 있다. 바닥에는 하얀 접시들이 널려 있다. 창틀에는 나이프와 포크가 얹혀 있다. 문손잡이에는 모피가공사의 검은 외투가 걸려 있다. 그의 아내는 구부정하니 몸을 숙인 채로 여행가방을 넘어간다. 빈디시는 그녀의 손을 본다. 두 손이 아무것도 없는 벽에 그림자를 드리운다. 길게 늘어나 고부라진다. 양팔이 물 위의 나뭇가지들처럼 물결친다. 모피가공사는 돈을 센다. 그는 돈다발을 사기난로에 집어넣는다.

장롱은 흰 사각형이고, 침대들은 흰 테두리다. 그 사이의 벽들은 검은 얼룩이다. 바닥은 비스듬히 기울었다. 바닥은 위로 솟아오른다. 벽을 따라 높이 올라가다가, 문 앞에서 멈춘다. 모피가공사는 두번째 돈다발을 센다. 바닥이 그를 뒤덮을 것이다. 모피가공사의 아내는 회색 털모자에 앉은 먼지를 후 분다. 바닥이 그녀를 천장까지 들어올릴 것이다. 벽시계가 사기난로 옆에 흰 얼룩을 길게 남겼다. 사기난로 옆에 시간이 걸려 있다. 빈디시는 눈을 감는다. '이제 다 끝났어.' 빈디시는 생각한다. 벽시계의 흰 얼룩이 째깍거리는 소리가 들리고, 검은 얼룩으로 이루어진 숫자판이 보인다. 시간에는 시곗바늘이 없다. 검은 얼룩들만이 돌고 있을 뿐. 그들은 서로 밀고 밀친다. 흰 얼룩으로부터 밀고 나온다. 벽을 따라 아래로 떨어진다. 그것들은 바닥이다. 검은 얼룩들은 다른 방의 바닥이다.

루디는 텅 빈 방의 바닥에 무릎을 꿇고 있다. 그 앞에 형형색

색의 색유리가 줄줄이, 아니면 둥그렇게 줄 맞춰 있다. 루디 옆에 빈 여행가방이 있다. 벽에는 그림 한 점이 걸려 있다. 그것은 그림이 아니다. 액자 테두리는 초록색 유리로 만들어졌다. 액자 안에는 붉게 물결치는 젖빛유리가 끼워져 있다.

텃밭 위로 올빼미가 날아간다. 울음소리가 높이 울려 퍼진다. 올빼미의 날갯짓은 밤으로 가득하다. '고양이.' 빈디시는 생각한다. '저건 날아다니는 고양이야.'

루디는 파란색 유리 숟가락을 눈앞에 갖다 댄다. 흰자위가 커진다. 숟가락에 비친 동공이 반짝이는 축축한 공처럼 보인다. 바닥이 색깔들을 방 가장자리로 띄워 보낸다. 다른 방에서 온 시간이 물결친다. 검은 얼룩들이 함께 떠다닌다. 전구가 움찔한다. 불빛이 갈가리 찢어진다. 두 개의 창문이 서로를 향해 헤엄친다. 두 개의 바닥이 벽들을 앞으로 밀어낸다. 빈디시는 한 손으로 머리를 받친다. 머릿속에서 맥박이 뛴다. 손목에서 관자놀이가 고동친다. 바닥들이 위로 솟는다. 바닥들이 서로 가까워져서, 맞닿는다. 갈라진 틈새를 따라 아래로 가라앉는다. 바닥들은 무거워지고, 땅은 부서질 것이다. 뜨겁게 달아오른 유리가 여행가방 안에서 궤양처럼 움찔거릴 것이다.

빈디시는 입을 벌린다. 그는 검은 얼룩들이 얼굴에서 점점 자라나는 것을 느낀다.

상자

루디는 기술자다. 유리공장에서 삼 년 동안 일했다. 유리공장은 산속에 있다.

삼 년간 모피가공사는 아들을 딱 한 번 찾아갔다. "일주일간 산속의 루디에게 다녀올 참이야." 모피가공사가 빈디시에게 말했다.

모피가공사는 사흘 만에 집으로 돌아왔다. 산 공기를 쐰 양 볼은 시뻘겋게 달아오르고, 눈은 잠을 못 자서 충혈되어 있었다. "산속에서는 도무지 잠을 잘 수가 없었어." 모피가공사가 말했다. "한숨도 눈을 못 붙였어. 밤새 머릿속에서 자꾸만 산이 오락가락하는 거야."

"어딜 봐도 죄다 산이라니까." 모피가공사는 이야기했다. "거기까지 가려면 터널을 여러 개 지나야 해. 산속은 원래 그래. 터널은 밤처럼 캄캄해. 기차가 터널을 지나는데, 온 산이 기차 안에서 덜커덩거리더라고. 귀는 윙윙 울리고 머릿속은 지끈거리고. 칠흑같이 어두운 밤이었다가, 갑자기 환한 대낮이었다가." 모피가공사는 말했다. "끊임없이 낮과 밤이 바뀌더라니까. 배겨내기 힘들더라고. 모두 자리에 앉아서 창밖은 내다보지도 않아.

밝아지면 책을 읽는데, 무릎에서 책이 미끄러지지 않도록 여간 조심하는 게 아니야. 혹시라도 팔꿈치로 사람들을 건드릴까봐 내가 얼마나 조심했는지 몰라. 어두워지면 책을 펴놓은 채로 그냥 두더라고. 나는 귀를 쫑긋 세웠어. 터널 안에서 사람들이 책을 덮는지 귀를 쫑긋 세우고 들어봤다니까. 아무 소리도 안 나더군. 다시 밝아졌을 때, 나는 먼저 책들을 보고 그러고는 사람들의 눈을 보았어. 책들은 펼쳐져 있고, 눈들은 감겨 있었어. 내가 사람들보다 먼저 눈을 떴어. 빈디시, 자네에게 분명히 말하는데, 그 사람들보다 먼저 눈을 뜰 때마다 정말 뿌듯했어." 모피가공사는 말했다. "나는 터널이 언제 끝날지 직감으로 알았어. 러시아에서 배웠거든." 그는 한 손으로 이마를 짚었다. "그렇게 여러 날 밤을 덜커덩거리고 그렇게 여러 날 동안 대낮처럼 환하기는 평생 처음이었어." 모피가공사는 말했다. "밤에는 터널 소리가 침대까지 파고들더라고. 얼마나 시끄러운지. 우랄의 무개화차들처럼 말이야."

모피가공사는 고개를 설레설레 저었다. 그의 표정이 밝아졌다. 그러더니 어깨 너머로 식탁을 바라보았다. 마침 아내가 자기 말에 귀 기울이지 않는 걸 보고는 속삭였다. "그런데 여자들 말이야. 빈디시, 분명히 말하는데, 거기에도 여자들이 있더라고. 그 여자들 참 발 빠르데. 풀을 벨 때는 남자들보다 더 민첩하더

라니까." 모피가공사는 웃었다. "애석하게도 왈라키아* 여자들
이야." 그는 말했다. "침대에서는 훌륭한데, 요리 솜씨는 우리
여자들만 못해."

식탁 위에 양푼이 놓여 있었다. 모피가공사의 아내는 달걀흰
자를 양푼에 풀어넣고 거품을 냈다. "셔츠 두 장을 빨고 나니 물
이 시커멓더라니까요." 모피가공사의 아내는 말했다. "정말 지
저분한 곳이에요. 숲에 가려 보이지 않을 뿐이라고요."

모피가공사는 양푼을 들여다보았다. "거기, 제일 높은 산 위
에 요양소가 있어." 그가 말을 이었다. "정신병자들이 요양하는
곳이지. 파란 팬티에 두툼한 외투만 걸친 사람들이 담장 안에서
돌아다니더라고. 온종일 풀밭에서 전나무 열매를 찾는 사람도
있어. 뭐라고 계속 혼잣말을 웅얼거리더라니까. 루디 말로는 광
부래. 전에 파업을 했다나."

모피가공사의 아내는 손가락으로 흰자 거품을 찍어냈다. "그
러다 그만 요양소 신세를 지게 되었다니까요." 그녀는 손끝의
거품을 빨아 먹으며 말했다.

"딱 일주일 만에 요양소에서 나온 사람도 있어. 지금은 다시
광산에서 일해. 자동차에 치였었대." 모피가공사는 말했다.

---

* 왈라키아인은 로만어를 사용하는 유럽 남동부의 인종. 루마니아인은 대부분
왈라키아인이다.

모피가공사의 아내가 양푼을 들어올렸다. "달걀이 오래된 건지 거품에서 쓴맛이 나요."

모피가공사가 고개를 끄덕였다. "거기 산 위에서 묘지가 내려다보여." 그는 말했다. "산 아래쪽으로 비스듬히 묘지들이 걸쳐 있어."

빈디시는 식탁의 양푼 옆에 양손을 올려놓으며 말했다. "난 그런 곳에 묻히고 싶지 않아."

모피가공사의 아내는 빈디시의 손을 멍하니 바라보았다. "그래요, 산속은 무척 아름다울 거예요." 그녀가 말했다. "하지만 여기서 너무 멀어요. 우리가 그곳으로 갈 수도 없고, 루디는 집에 오지 않아요."

"저 사람, 또 케이크를 굽고 있어." 모피가공사는 말했다. "루디는 그런 거 먹지도 않는데."

빈디시는 식탁에서 손을 떼었다.

"산 아래 도시 쪽으로 구름이 떠 있지." 모피가공사는 말했다. "사람들이 구름 사이로 걸어다니더라고. 날이면 날마다 천둥 번개가 쳐. 들판에 나갔다가는 번개 맞기 십상이라니까."

빈디시는 양손을 바지 호주머니에 집어넣었다. 그러고는 자리에서 일어나 문으로 다가갔다.

"산에서 가져온 게 있어." 모피가공사는 말했다. "루디가 아말리에한테 작은 상자를 하나 전해주라더구먼." 그는 서랍을 열었다. 다시 닫았다. 빈 여행가방 안을 들여다보았다. 모피가공사의 아내는 남편의 윗옷 주머니를 뒤졌다. 모피가공사는 장롱을 열었다.

모피가공사의 아내가 지친 표정으로 두 손을 쳐들며 말했다. "우리가 나중에 다시 찾아볼게요." 모피가공사는 바지 호주머니 안을 더듬었다. "오늘 아침까지만 해도 내 손에 있었는데." 그는 말했다.

주머니칼

빈디시는 부엌 창문 앞에 앉아 있다. 그는 면도를 한다. 면도솔로 얼굴에 하얀 거품을 바른다. 거품이 양 볼에서 바사삭 소리를 낸다. 빈디시는 흰 눈송이 같은 거품을 손끝에 찍어 입 주위에 골고루 바른다. 그는 거울을 바라본다. 거울에 비친 부엌문을 본다. 그리고 자신의 얼굴을 본다.

빈디시는 하얀 거품을 너무 많이 발랐다는 것을 깨닫는다. 입이 거품 속에 파묻혀 있다. 콧구멍이 거품 속에 파묻히고 턱이 거품 속에 파묻혀서, 말을 할 수 없을 것 같다.

빈디시는 주머니칼을 벌린다. 칼날을 손가락에 대고 유심히 살펴본다. 칼날을 눈 아래 대본다. 광대뼈는 꼼짝하지 않는다. 빈디시는 다른 한 손으로 눈 아래의 주름을 매끄럽게 편다. 그는 창밖을 내다본다. 푸른 풀밭이 보인다.

주머니칼이 움찔한다. 칼날이 살갗을 매섭게 찌른다.

빈디시의 눈 아래 상처는 몇 주가 지나도 아물지 않는다. 상처는 빨갛다. 상처 가장자리에 고름이 잡혀 말랑말랑하다. 저녁마다 상처 속에 꽤 많은 밀가루가 들어가 있다.

며칠 전부터 빈디시의 눈 아래 딱지가 앉았다.

아침에 빈디시는 딱지를 달고 집을 나선다. 방앗간 문을 열고 윗옷 주머니에 자물쇠를 집어넣으면서 뺨을 만진다. 딱지가 떨어지고 없다.

'아마도 그 움푹 팬 구덩이에 떨어졌나보다.' 빈디시는 생각한다.

밖이 환히 밝자, 빈디시는 방앗간 연못으로 간다. 풀밭에 무릎을 꿇는다. 물에 비친 자신의 얼굴을 본다. 빈디시의 귓속에 작은 물결이 인다. 머리카락 탓에 물에 비친 그의 모습이 흔들린다.

빈디시의 눈 아래 허옇게 굽은 흉터가 나 있다.

갈댓잎이 꺾인다. 그것은 빈디시의 손 옆에서 벌어졌다가 오므라든다. 갈댓잎은 갈색 칼날을 가지고 있다.

눈물방울

아말리에는 모피가공사네 마당을 나섰다. 그녀는 풀밭을 가로질렀다. 작은 상자를 손에 들고 있다. 아말리에는 상자의 냄새를 맡아보았다. 빈디시는 아말리에의 치맛단을 보았다. 치맛단이 풀밭에 그림자를 드리웠다. 아말리에의 종아리가 허옜다. 빈디시는 아말리에의 엉덩이가 흔들흔들하는 것을 보았다.

상자는 은빛 끈으로 묶여 있었다. 아말리에는 거울 앞에 섰다. 거울에 비친 자신의 모습을 바라보았다. 거울 속에서 은빛 끈을 찾아 풀었다. "상자는 모피가공사 아저씨의 모자 속에 들어 있었어요." 아말리에는 말했다.

상자 안에서 얇고 흰 종이가 바스락거렸다. 흰 종이 위에 유리로 만든 눈물방울이 놓여 있었다. 눈물방울의 뾰족한 끝에 구멍이 하나 뚫려 있고, 볼록한 안쪽에는 홈이 패어 있었다. 눈물방울 아래 쪽지가 있었다. 루디는 썼다. "눈물방울은 비어 있어. 물로 채워. 빗물이 가장 좋아."

아말리에는 눈물방울을 채울 수 없었다. 여름이 한창이었고, 마을은 가뭄에 시달렸다. 그리고 우물물은 빗물이 아니었다.

아말리에는 햇빛이 비치는 창가에 눈물방울을 놓았다. 눈물방울의 겉은 단단했다. 하지만 안쪽은 홈을 따라서 파르르 떨었다.

일주일간 하늘은 깡그리 불탔다. 하늘은 마을 끝으로 이동했다. 하늘은 골짜기 안에서 강물을 보았다. 강물을 마셨다. 다시 비가 내렸다.

마당의 포석 위로 물이 흘렀다. 아말리에는 눈물방울을 들고 처마 홈통 옆에 섰다. 눈물방울의 볼록한 뱃속으로 물이 흘러들어가는 것을 지켜보았다.

빗물에는 바람도 섞여 있었다. 바람은 유리 종들을 나무 사이로 내몰았다. 종들은 부옇다. 그 안에서 나뭇잎들이 소용돌이쳤다. 비가 노래했다. 비의 목소리에는 모래도 들어 있었다. 나무 껍질도 들어 있었다.

눈물방울이 가득 찼다. 아말리에는 젖은 손과 모래가 묻은 맨발로 눈물방울을 방으로 가져갔다.

빈디시의 아내가 눈물방울을 받아들었다. 눈물방울 안에서 물이 반짝였다. 유리 안에 빛이 있었다. 그녀의 손가락 사이로 눈물이 방울방울 떨어졌다.

빈디시는 한 손을 내밀었다. 눈물방울을 받아들었다. 물이 팔꿈치를 타고 흘러내렸다. 빈디시의 아내는 혀끝으로 젖은 손가락을 핥았다. 빈디시는 천둥 번개가 치던 날 밤, 아내가 털 속에서 꺼낸 손가락을 빨아 먹는 모습을 보았다. 그때 손가락에는 끈적거리는 분비물이 묻어 있었다. 빈디시는 입안에서 그 분비물을 느꼈다. 순간 구토 덩어리가 목구멍을 짓눌렀다.

빈디시는 눈물방울을 아말리에의 손에 내려놓았다. 눈물이 방울방울 떨어졌다. 그런데도 물은 줄어들지 않았다. "물이 짜. 입술이 알알해." 빈디시의 아내가 말했다.

아말리에는 손목을 핥았다. "빗물은 달콤해요." 아말리에가 말했다. "물이 짠 건 눈물 때문이에요."

죽은 짐승들의 정원

"그런 경우엔 학교에 다녀도 아무 소용 없어." 빈디시의 아내는 말했다. 빈디시가 아말리에를 보며 말했다. "루디는 기술자야. 하지만 그런 경우엔 학교에 다녀도 아무 소용 없어." 아말리에가 웃었다. "루디는 요양원을 그냥 잘 아는 정도가 아니야. 요양원에 입원까지 했었다니까." 빈디시의 아내가 말했다. "우편집배원 여자한테 들었어."

빈디시는 식탁 위의 유리잔을 이리저리 밀었다. 그러고는 유리잔을 들여다보며 말했다. "그 집안 내력이 그래. 앞으로 태어날 아이들도 정상이 아닐 거야."

루디의 증조할머니는 마을에서 '애벌레'라 불렸다. 가늘게 땋은 머리다발을 늘 등뒤에 늘어뜨리고 다녔다. 빗질을 싫어했다. 애벌레의 남편은 아픈 데도 없이 젊은 나이에 별안간 세상을 떴다.

장례를 치르고 애벌레는 남편을 찾으러 다녔다. 술집을 찾아가 남자들의 얼굴을 하나하나 뜯어보았다. "우리 남편이 아니네." 이 테이블 저 테이블 돌아다니며 말했다. 술집 주인이 애벌레에게 다가와 말했다. "아주머니 남편은 죽었잖아요." 애벌레는 가느다란 머리다발을 움켜쥐었다. 왈칵 울음을 터뜨리며 거리로 뛰쳐나갔다.

날이면 날마다 애벌레는 남편을 찾으러 다녔다. 집집마다 돌아다니며, 혹시 남편이 거기 있냐고 물었다.

안개가 마을에 뽀얀 서리를 몰고 온 어느 겨울날, 애벌레는 들판으로 나갔다. 얇은 여름 원피스 차림에 양말도 신지 않았다. 눈 때문인지 장갑만은 끼고 있었다. 두툼한 털장갑이었다. 애벌레는 앙상한 덤불 사이를 지나갔다. 늦은 오후였다. 산지기가 애벌레를 보고 마을로 돌려보냈다.

이튿날, 산지기는 마을을 찾아왔다. 애벌레가 스피노자자두나무 덤불 속에 쓰러져 있었다. 꽁꽁 언 채로. 산지기는 애벌레를 어깨에 둘러메고 왔다. 애벌레는 나무판자처럼 뻣뻣했다.

"어쩜 그렇게 무책임할까." 빈디시의 아내는 말했다. "세 살배기 아이를 혼자 두고 가다니."

그 세 살배기 아이가 루디의 할아버지였다. 그는 목수였는데, 물려받은 논밭에는 전혀 신경 쓰지 않았다. "그 비옥한 땅에서 우엉이 자랐다니까." 빈디시는 말했다.

루디 할아버지의 머릿속에는 오로지 목재 생각뿐이었다. 그는 수중의 돈을 모조리 긁어모아 목재를 사들였다. "그 목재로 온갖 형상을 만들었어." 빈디시의 아내는 말했다. "그 많은 목재 하나하나에다 얼굴을 새겼다니까. 정말 흉측했어."

"그러다 재산몰수령이 내렸지." 빈디시는 말했다. 아말리에는 손톱에 빨간 매니큐어를 칠했다. "농사를 짓던 사람들은 너나 할 것 없이 벌벌 떨었어. 도시에서 남자들이 나와 논밭의 넓이를 측량했지. 마을 사람들의 이름을 기록하고는, 거기에 서

명하지 않는 사람들은 모조리 가둬버리겠다고 엄포를 놓아. 그러니 집집마다 대문을 꼭꼭 걸어 잠글 수밖에." 빈디시는 말했다. "루디 할아버지는 대문의 빗장을 걸지 않았어. 되레 문을 활짝 열어두었다니까. 남자들이 나타나자, 마음대로 가져가라고 했어. 말들도 가져가라고, 마침내 자신은 그것들에서 해방이라고."

빈디시의 아내는 아말리에의 손에서 매니큐어 병을 낚아챘다. "그런 말을 한 사람은 루디 할아버지뿐이었어." 빈디시의 아내는 말했다. 그녀가 화를 못 참고 소리치자, 귀 뒤의 푸르스름한 혈관이 툭 튀어나왔다. "지금 우리 말 듣고 있는 거냐!" 빈디시의 아내는 소리쳤다.

늙은 목수는 마당의 보리수나무를 베어 벌거벗은 여인을 조각했다. 그 여인상을 창문 앞의 마당에 세워놓았다. 목수의 아내는 울었다. 아이를 안아서 버드나무 광주리에 뉘었다. "그리고 가져갈 수 있는 물건 몇 가지를 챙겨 아이와 함께 마을 변두리의 빈집으로 이사했지." 빈디시가 말했다.

"그 많은 목재 탓에 아이는 이미 머리가 정상이 아니었어." 빈디시의 아내는 말했다.

그 아이가 바로 지금의 모피가공사이다. 아이는 걸음마를 떼고부터 매일같이 들판으로 나가, 도마뱀이나 두꺼비를 잡았다.

좀더 자라고는 밤마다 슬그머니 성당 탑에 올라갔다. 아직 날지 못하는 올빼미들을 둥지에서 꺼내, 셔츠 아래 몰래 숨겨서 집으로 가져갔다. 아이는 올빼미들에게 도마뱀과 두꺼비를 먹였다. 올빼미들이 다 자라면 죽여서 내장을 들어내었다. 죽은 올빼미들을 석회유에 담갔다. 그러고는 말려서 박제했다.

"전쟁이 나기 전에 모피가공사는 헌당 기념행사의 볼링 대회에서 우승한 적이 있어. 그때 양 한 마리를 상으로 받았는데, 마을 한복판에서 산 채로 양의 껍질을 벗겼지. 놀란 사람들은 뿔뿔이 흩어졌고, 여자들은 구역질을 했어." 빈디시는 말했다.

"양이 피를 흘린 자리에는 지금도 풀 한 포기 안 자라." 빈디시의 아내는 말했다.

빈디시는 장롱에 몸을 기대었다. "그 친구는 절대 영웅이 아니었어." 그러고는 한숨을 쉬었다. "그냥 박피공이었을 뿐이야. 전쟁터에선 올빼미나 두꺼비를 상대로 싸우는 게 아니니까."

아말리에는 거울 앞에서 머리를 빗었다.

"모피가공사는 결코 나치 친위대가 아니었어." 빈디시의 아내는 말했다. "그냥 군인이었을 뿐이야. 전쟁이 끝나고는 다시 올빼미나 황새, 지빠귀를 잡아서 박제했고. 주위에 병든 양이나 토끼가 눈에 띄면 모두 잡아 죽여서, 그 가죽을 무두질했다니까. 그 집 다락방은 말 그대로 죽은 짐승들의 정원이야." 빈디시의 아내는 말했다.

아말리에는 매니큐어 병을 집었다. 빈디시는 머릿속에서 모래알이 구르는 걸 느꼈다. 모래알은 이쪽 관자놀이에서 저쪽 관자놀이로 굴러갔다. 매니큐어 병에서 빨간 매니큐어 한 방울이 식탁보에 떨어졌다.

"엄마는 러시아에서 몸을 팔았잖아요." 아말리에는 손톱에 눈길을 준 채 어머니에게 말했다.

석회 속의 돌멩이

올빼미가 사과나무 위에서 원을 그리며 난다. 빈디시는 달을 바라본다. 검은 얼룩들이 어디로 가는지 뒤쫓는다. 올빼미는 원을 그리다가 만다.

이 년 전 모피가공사는 성당 탑에 최후로 남아 있던 올빼미를 박제해 신부에게 선물했다. '저 녀석은 다른 마을에 사는 올빼미일 거야.' 빈디시는 생각한다.

낯선 올빼미는 밤마다 마을을 찾아온다. 낮에 어디서 날개를 접고 쉬는지는 아무도 모른다. 어디서 부리를 다물고 잠을 자는 지는 아무도 모른다.

빈디시는 낯선 올빼미가 모피가공사의 다락방에 있는 박제된 새들의 냄새를 맡는다는 걸 안다.

모피가공사는 박제한 짐승들을 도시의 박물관에 기증했다. 돈은 받지 않았다. 남자 둘이 모피가공사를 찾아왔다. 자동차가 하루 종일 모피가공사의 집 앞에 서 있었다. 자동차는 흰색이었 고 방처럼 문을 꼭꼭 닫고 있었다.

남자들은 말했다. "당신이 박제한 짐승들은 우리 숲의 식구들 이오." 그러고는 새들을 모조리 상자에 집어넣었다. 중벌을 받 을 거라고 모피가공사에게 겁을 주었다. 모피가공사는 집 안에 있던 양가죽을 전부 남자들에게 선물했다. 그러자 남자들은 아 무 문제 없을 거라고 말했다.

문을 꼭꼭 닫은 흰색 자동차는 방처럼 천천히 마을을 빠져나갔 다. 모피가공사의 아내는 겁에 질려 미소지으며 손을 흔들었다.

빈디시는 베란다에 앉아 있다. '모피가공사는 우리보다 늦게 신청했는데.' 그는 생각한다. '도시에 돈을 갖다 바친 게 틀림 없어.'

빈디시는 통로의 포석에 떨어지는 나뭇잎 소리를 듣는다. 나 뭇잎이 돌을 할퀸다. 벽은 길고 희다. 빈디시는 눈을 감는다. 얼굴에서 벽이 자라나는 걸 느낀다. 석회가 빈디시의 이마에서 불타오른다. 석회 속의 돌멩이가 주둥이를 벌린다. 사과나무가 바르르 떤다. 그 잎사귀들은 귀다. 잎사귀들이 귀를 기울인다. 사과나무가 푸르뎅뎅한 사과에게 물을 먹인다.

사과나무

전쟁 전 성당 뒤에는 사과나무 한 그루가 있었다. 그 나무는 제 가지에 열린 사과를 먹었다.

야간경비원의 아버지도 야간경비원이었다. 어느 여름밤, 그는 회양목 울타리 뒤에 서 있었다. 그때 가지들이 갈라지는 줄기 위쪽에서 사과나무가 주둥이를 벌리는 것을 보았다. 사과나무는 사과를 먹었다.

이튿날 아침, 야간경비원은 잠자리에 들지 않았다. 대신 마을의 재판관을 찾아갔다. 그러고는 성당 뒤의 사과나무가 제 사과를 먹는다고 말했다. 재판관은 웃음을 터뜨렸다. 웃을 때 속눈썹이 움찔거렸다. 야간경비원은 마을 재판관의 웃음소리에 두려움이 실려 있는 걸 느꼈다. 재판관의 관자놀이에서 생명의 작은 망치들이 툭탁거렸다.

야간경비원은 집으로 갔다. 옷을 입은 채로 침대에 누웠다. 잠이 들었다. 진땀을 흘리며 잠을 잤다.

야간경비원이 자는 동안, 사과나무는 마을 재판관의 관자놀이를 아프게 짓눌렀다. 재판관의 눈은 붉게 충혈되고, 입은 바싹 말랐다.

마을 재판관은 점심을 먹고 아내를 두들겨 팼다. 그는 수프 속에 떠다니는 사과를 보았다. 그는 그 사과를 꿀꺽 삼켰다.

식사 후에 재판관은 잠을 이룰 수 없었다. 눈을 감고 있는데, 벽 너머에서 나무껍질 소리가 들려왔다. 나무껍질들은 줄줄이 매달려 있었다. 새끼줄에 대롱대롱 매달려 사과를 먹었다.

저녁이 되자 마을 재판관은 회의를 열었다. 사람들이 모였다. 재판관은 사과나무를 감시하는 위원회를 조직했다. 위원회는 대지주 네 명, 신부, 마을 교사, 그리고 마을 재판관 자신으로 구성되었다.

마을 교사가 일장 연설을 했다. 교사는 사과나무를 감시하기 위한 위원회를 '여름밤위원회'라고 불렀다. 신부는 성당 뒤의 사과나무를 감시하자는 제안을 거부했다. 성호를 세 번 긋고는, 용서를 구했다. "하느님, 당신의 죄인을 용서하소서." 신부는 다음 날 아침 일찍 도시에 가서 이 신성모독을 주교에게 알리겠다고 위협했다.

그날은 저녁 늦게야 어두워졌다. 뜨겁게 달구어진 해는 도무지 하루를 마감하려 들지 않았다. 밤이 땅속에서 마을 위로 솟아났다.

여름밤위원회는 어둠 속에서 회양목 울타리를 따라 기어갔다. 그러고는 사과나무 아래 누워 뒤엉킨 나뭇가지들을 올려다보았다.

마을 재판관은 도끼를 가져왔다. 지주들은 두엄용 쇠스랑을 풀숲에 내려놓았다. 교사는 내풍등耐風燈 옆에 앉아 연필과 공책을 든 채 포대를 뒤집어썼다. 엄지만한 구멍에 한쪽 눈을 대고 밖을 내다보았다. 그러고는 보고서를 작성했다.

밤이 점점 높이 자라났다. 밤은 마을에서 하늘을 밀어냈다. 자정이었다. 여름밤위원회는 마을에서 반쯤 쫓겨난 하늘을 뚫어져라 응시했다. 교사는 포대 아래서 회중시계를 보았다. 자정이 지났다. 성당의 시계는 울리지 않았다.

신부가 성당의 시곗바늘을 멈춰놓은 것이다. 성당 시계의 톱니바퀴들이 죄의 시간을 재다니, 안 될 말이었다. 침묵이 마을을 고발해야 했다.

마을 사람들은 누구 하나 잠들지 않았다. 개들은 거리에 서 있었다. 개들은 짖지 않았다. 고양이들은 나무 아래 앉아 있었다. 고양이들은 등불처럼 빛나는 눈으로 앞을 응시했다.

사람들은 방 안에 앉아 있었다. 어머니들은 아이들을 품에 안고 타오르는 촛불들 사이를 오락가락했다. 아이들은 울지 않았다.

빈디시는 바르바라와 함께 다리 아래 앉아 있었다.

마을 교사는 회중시계에서 밤의 중심을 읽었다. 그는 포대 밖으로 한 손을 내밀었다. 여름밤위원회에게 신호를 보냈다.

사과나무는 꼼짝도 하지 않았다. 마을 재판관이 긴 침묵 끝에 헛기침을 했다. 지주 하나가 담배 탓에 기침을 심하게 했다. 지주는 얼른 풀 한 다발을 뽑아 입안에 밀어넣고 기침을 잠재웠다.

자정이 지나고 새벽 두시쯤 사과나무가 부르르 떨기 시작했다. 가지들이 갈라지는 줄기 위쪽에서 주둥이가 벌어졌다. 주둥이는 사과를 먹었다.

여름밤위원회는 주둥이가 사과를 우적우적 씹는 소리를 들었다. 벽 너머에서, 성당 안에서 귀뚜라미들이 귀뚤귀뚤 울었다.

주둥이가 여섯 개째 사과를 먹었다. 마을 재판관이 나무를 향해 달려갔다. 도끼로 주둥이를 내리쳤다. 지주들이 쇠스랑을 높이 쳐들었다. 뒤에서 재판관을 엄호했다.

노르스름하고 축축한 나무껍질 한 조각이 풀숲으로 떨어졌다.

사과나무는 주둥이를 다물었다.

여름밤위원회 중 누구도 사과나무가 언제 어떻게 주둥이를 다물었는지 보지 못했다.

마을 교사가 포대 아래서 기어나왔다. 교사라면 당연히 봤어야지, 마을 재판관은 말했다.

새벽 네시에 신부는 치렁치렁한 검은 수도복 차림에 커다란 검은 모자를 쓰고, 검은 서류가방을 들고 역으로 향했다. 성큼성큼 걸음을 재촉했다. 오로지 포석만 뚫어져라 응시했다. 담벼락에 새벽의 여명이 비쳤다. 석회가 밝게 빛났다.

사흘 후 주교가 마을에 모습을 드러냈다. 성당 안은 대만원이었다. 사람들은 주교가 신도석 사이를 지나 제단으로 향하는 모습을 지켜보았다. 주교는 설교단에 올랐다.

주교는 기도하지 않았다. 다만 마을 교사의 보고서를 읽었다고 말했다. 자신이 하느님과 의논했다는 말도 덧붙였다. "하느님은 이미 오래전부터 알고 계십니다." 주교는 부르짖었다. "하느님은 저에게 아담과 이브를 상기하라 하셨습니다." 그러더니 소리 죽여 말했다. "하느님은 말씀하셨습니다, 사과나무 속에 사탄이 있다고."

그전에 주교는 신부에게 한 통의 편지를 보냈었다. 편지는 라틴어로 쓰여 있었다. 신부는 설교단에서 편지를 읽었다. 라틴어

덕분에 설교단이 무척 높아 보였다.

야간경비원의 아버지의 말에 따르면, 신부의 목소리는 한마디도 들리지 않았다.

신부는 편지를 끝까지 읽고는, 눈을 감았다. 두 손을 모으고 라틴어로 기도를 올렸다. 그러고는 설교단을 내려왔다. 신부는 왜소해 보였다. 얼굴은 지친 기색이 역력했다. 신부는 제단을 마주 보고 섰다. "우리는 그 나무를 베어서는 안 됩니다. 나무를 그대로 불살라야 합니다." 신부는 말했다.

늙은 목수가 신부에게서 그 나무를 사고 싶어했다. 하지만 신부는 말했다. "하느님의 말씀은 신성합니다. 주교께서는 이런 일에 대해 잘 아십니다."

저녁에 남자들이 마차 한가득 밀짚을 싣고 왔다. 대지주 네 사람이 사과나무 줄기를 밀짚으로 묶었다. 이장이 사다리 위로 올라갔다. 나무 우듬지에 밀짚을 뿌렸다.

신부는 사과나무 아래 서서 소리 높여 기도했다. 성가대원들은 회양목 울타리 옆에 서서 긴 노래를 불렀다. 추운 날씨에, 노래의 입김이 하늘로 올라갔다. 여자들과 아이들은 소리 죽여 기도했다.

마을 교사가 활활 불타는 장작으로 밀짚에 불을 붙였다. 불꽃은 밀짚을 날름 먹어치웠다. 불꽃은 기세를 더해갔다. 나무껍질

을 집어삼켰다. 나무 속에서 불길이 타닥타닥 타올랐다. 수관樹
冠이 하늘을 핥았다. 달은 몸을 숨겼다.

사과들이 부풀어올랐다. 그러다가 터졌다. 쐭쐭 즙이 흘러내
렸다. 사과즙은 살아 있는 살덩이처럼 불길 속에서 신음했다. 연
기에서 악취가 풍겼다. 연기가 눈을 찔렀다. 기침 때문에 노래가
자꾸만 끊겼다.

마침내 비가 내릴 때까지 마을은 연무에 휩싸였다. 교사는 빠
짐없이 공책에 기록했다. 그는 연무를 '사과 안개'라 불렀다.

나무 팔

시꺼멓게 타버린 구부정한 그루터기는 성당 뒤에 오래 남아
있었다.

사람들은 성당 뒤에 한 남자가 서 있다고 말했다. 마치 모자를
쓰지 않은 신부처럼 보인다고 했다.

아침에 서리가 내렸다. 서리는 회양목을 하얗게 뒤덮었다. 사
과나무 그루터기는 새까맸다.

성당지기는 제단의 시든 장미를 성당 뒤로 가져갔다. 그는 그루터기를 지나갔다. 그루터기는 성당지기 아내의 나무 팔이 었다.

시커멓게 탄 이파리들이 어지럽게 소용돌이쳤다. 바람은 잠 잠했다. 이파리들에는 무게가 없었다. 이파리들은 성당지기의 무릎 옆으로 날아올랐다가, 발 앞에 떨어졌다. 그리고 산산이 부 서졌다. 검댕이 되었다.

성당지기는 도끼로 그루터기를 베었다. 도끼에서는 아무 소 리도 나지 않았다. 성당지기는 등잔 기름 한 병을 그루터기에 부 었다. 불을 붙였다. 그루터기가 불탔다. 바닥에 한 줌의 재만 남 았다.

성당지기는 재를 상자에 담았다. 그러고는 마을 변두리로 갔 다. 손으로 땅에 구멍을 팠다. 굽은 나뭇가지 하나가 성당지기의 이마 앞으로 뻗어나와 있었다. 그것은 나무 팔이었다. 나무 팔이 그를 붙잡으려 했다.

성당지기는 구멍에 상자를 넣고 흙으로 덮었다. 뿌연 먼지가 날리는 길을 지나 들판으로 나갔다. 멀리서 나무들이 살랑대는 소리가 들렸다. 옥수수는 바싹 말라 있었다. 성당지기가 지나가 자 옥수수 이파리들이 바스러졌다. 성당지기는 그동안 살아온 나날의 외로움을 느꼈다. 그의 삶이 훤히 들여다보였다. 텅 빈

삶이.

까마귀들이 옥수수 위로 날아와, 옥수수 줄기에 내려앉았다. 까마귀들은 숯으로 이루어져 있었다. 까마귀들은 무거웠다. 옥수수 줄기가 흔들거렸다. 까마귀들이 푸드덕거렸다.

마을로 돌아온 성당지기는 갈비뼈 사이에 매달린 헐벗고 뻣뻣한 심장을 느꼈다. 재를 담은 상자는 회양목 울타리 옆에 놓여 있었다.

노래

이웃집의 얼룩 돼지들이 시끄럽게 꿀꿀거린다. 무리 지어 구름 속에서 우글거린다. 마당 위를 지나간다. 나뭇잎들이 베란다를 휘감고 오른다. 나뭇잎 하나하나가 그림자를 드리운다.

골목길에서 남자 목소리가 노래를 부른다. 노래는 나뭇잎들 사이로 떠다닌다. '밤에는 마을이 아주 커 보여.' 빈디시는 생각한다. '그리고 사방으로 막혀 있어.'

빈디시도 아는 노래이다. "난 언젠가 베를린에 갔지, 아름다운 도시를 보러. 티리하홀랄라 밤새도록." 어둠이 깊어지면 베란다 는 높이 자란다. 잎들이 그림자를 드리우면. 베란다는 포석 아래 서 위로 밀고 올라온다. 줄기를 타고. 베란다가 너무 높이 자라 면 줄기가 부러진다. 베란다는 땅에 떨어진다. 바로 그 자리에. 날이 밝으면, 베란다가 자라나다가 땅에 떨어졌다는 것을 아무 도 알아차리지 못한다.

빈디시는 뭔가가 돌멩이들에 부딪히는 걸 느낀다. 빈디시의 앞에 빈 테이블이 있다. 테이블 위에 공포가 있다. 빈디시의 갈 비뼈 속에 공포가 있다. 빈디시는 공포가 윗옷 주머니 안에 돌멩 이처럼 매달려 있는 걸 느낀다.

노래가 사과나무 사이로 떠다닌다. "자네 딸이 날 찾아오면 재미 한번 볼 텐데. 티리하홀랄라 밤새도록."

빈디시는 차가운 손으로 윗옷 주머니 안을 더듬는다. 주머니 안에는 돌멩이가 없다. 노래는 손가락 사이에 있다. 빈디시는 나 지막이 노래를 따라 부른다. "이보게, 그런 말이 어디 있나. 우 리 딸은 재미 안 봐. 티리하홀랄라 밤새도록."

너무 많은 돼지들이 구름 속에서 우글거리는 탓에, 구름은 겨 우겨우 마을 위를 지나간다. 돼지들은 조용하다. 노래는 홀로 어 두운 밤을 지킨다. "오, 어머니, 날 내버려두세요. 왜 내게 구멍 이 있겠어요. 티리하홀랄라 밤새도록."

집까지는 멀다. 남자는 어둠 속을 걷는다. 노래가 끊어지지 않고 이어진다. "오, 어머니, 어머니 것 좀 빌려주세요. 내 건 너무 작아요. 티리하홀랄라 밤새도록." 노래는 무겁다. 목소리는 깊다. 노래 속에 돌멩이가 들어 있다. 차가운 물이 돌멩이 위로 흐른다. "내 걸 빌려줄 수는 없어. 내일 네 아버지에게 필요할 거야. 티리하홀랄라 밤새도록."

빈디시는 윗옷 주머니에서 손을 뺀다. 돌멩이를 잃어버린다. 노래를 잃어버린다.

'걸을 때 아말리에의 발끝이 벌어져.' 빈디시는 생각한다.

젖

아말리에가 일곱 살 때, 루디는 옥수수 사이로 아말리에를 잡아끌었다. 텃밭 끝까지 아말리에를 데려갔다. "옥수수밭은 숲이야." 루디는 말했다. 그러고는 아말리에를 헛간으로 이끌었다. "헛간은 성이야."

헛간 안에 빈 포도주통이 있었다. 루디와 아말리에는 포도주통 안으로 기어들어갔다. "포도주통은 네 침대야." 루디는 말했다. 그는 아말리에의 머리카락에 마른 우엉을 꽂아주었다. "넌 가시관을 썼어." 루디는 말했다. "넌 저주받았어. 나는 널 사랑해. 넌 시련을 겪어야 해."

루디의 윗옷 주머니에는 색색의 유리 조각들이 잔뜩 들어 있었다. 루디는 유리 조각들을 포도주통 주위에 늘어놓았다. 유리 조각들은 희미하게 반짝거렸다. 아말리에는 포도주통 바닥에 앉았다. 루디는 아말리에 앞에 무릎을 꿇었다. 그는 아말리에의 원피스를 걷어올렸다. "네 젖을 먹을 거야." 루디는 말했다. 아말리에의 젖꼭지를 빨았다. 아말리에는 눈을 감았다. 루디는 아말리에의 작은 갈색 꼭지를 깨물었다.

아말리에의 젖꼭지가 부풀어올랐다. 아말리에는 울음을 터뜨렸다. 루디는 텃밭을 벗어나 들판으로 갔다. 아말리에는 집으로 달려갔다.

아말리에의 머리카락에 우엉이 들러붙어 있었다. 마구 뒤엉켜 있었다. 빈디시의 아내는 엉킨 우엉 뭉치를 가위로 잘라냈다. 아말리에의 젖꼭지를 카밀러차로 씻어냈다. "루디랑 놀지 마라." 빈디시의 아내는 말했다. "모피가공사의 아들은 제정신이 아니야. 박제한 짐승들 탓에 머릿속 깊이 구멍이 뚫렸어."

빈디시는 고개를 설레설레 저었다. "언젠가는 아말리에 때문에 크게 망신당할지도 몰라." 그가 말했다.

황금지빠귀

블라인드 틈새로 흐릿한 빛이 비쳐들었다. 아말리에는 열이 났다. 빈디시는 한숨도 못 잤다. 아말리에의 깨물린 젖꼭지가 뇌리를 맴돌았다.

빈디시의 아내가 침대 끝에 걸터앉았다. "꿈을 꿨어요." 그녀는 말했다. "밀가루 체를 들고 다락으로 올라가는데, 계단에 새가 죽어 있더라고요. 황금지빠귀였어요. 발끝으로 새를 들어올렸어요. 그 밑에 통통하고 새까만 파리들이 우글우글하더라고요. 파리들은 우르르 날아올라 밀가루 체에 앉았어요. 체를 아무리 흔들어도 날아가지 않았어요. 그래서 난 얼른 문을 열어젖히고 마당으로 뛰쳐나갔어요. 그러곤 파리들이 붙어 있는 밀가루 체를 눈 속에 내동댕이쳤어요."

벽시계

모피가공사네 창문들이 캄캄한 밤 속 깊이 가라앉았다. 루디는 외투를 깔고 잔다. 모피가공사는 외투 하나를 깔고 아내와 함께 잔다.

빈디시는 빈 테이블 위 벽시계의 흰 얼룩을 본다. 벽시계 안에는 뻐꾸기 한 마리가 산다. 뻐꾸기는 시곗바늘을 감지한다. 뻐꾸기는 비명을 지른다. 모피가공사는 벽시계를 경찰에게 선물했다.

이 주 전 모피가공사는 빈디시에게 편지 한 통을 보여주었다. 뮌헨에서 온 편지였다. "처남이 거기 살거든." 모피가공사는 편지를 테이블에 내려놓으며 말했다. 그러고는 손가락 끝으로 읽으려는 구절을 더듬어 찾았다. "그릇과 포크, 나이프는 가져와요. 여기는 안경이 무척 비싸요. 모피 외투도 웬만해선 사입기어렵고요." 모피가공사는 편지를 넘겼다.

빈디시는 뻐꾸기의 비명소리를 듣는다. 박제한 새들의 냄새가 천장을 뚫고 내려온다. 뻐꾸기는 집 안에서 유일하게 살아 있는 새다. 뻐꾸기는 비명을 질러 시간을 갈가리 찢어발긴다. 박제한 새들은 악취를 풍긴다.

모피가공사는 웃음을 터뜨렸다. 손가락으로 편지 끄트머리의 문장을 가리켰다. "여기 여자들은 아무짝에도 쓸모없어요." 모피가공사가 편지를 읽었다. "요리도 할 줄 몰라요. 안사람이 집주인 여자의 닭을 잡아줘야 한다니까요. 주인 여자는 닭 간이랑 피를 먹을 줄 모른대요. 위장과 비장도 버리던걸요. 게다가 온종일 담배를 뻑뻑 피워대고 남자란 남자는 죄다 끌어들이는 꼴이라니."

"어쨌든 슈바벤에서 제일 모자란 여자도 거기 독일의 제일 괜찮은 여자들보다 더 쓸모 있다니까." 모피가공사가 말했다.

제비고깔

올빼미의 울음소리가 그쳤다. 올빼미는 지붕 위에 앉았다. '크로너 할멈이 죽은 모양이군.' 빈디시는 생각한다.

지난여름 크로너 할멈은 통장이의 보리수나무에서 꽃을 땄다. 보리수나무는 묘지 왼편에 있다. 그곳에 풀이 자란다. 풀밭에 야생수선화가 피어 있다. 풀밭에 작은 웅덩이가 있다. 웅덩이

둘레에는 루마니아인들의 무덤이 있다. 그 무덤들은 납작하다. 물이 무덤들을 땅속으로 끌어당긴다.

통장이의 보리수나무에서는 달콤한 냄새가 난다. 루마니아인들의 무덤은 묘지에 속하지 않는다고 신부는 말한다. 루마니아인들의 무덤에서는 독일인들의 무덤과는 다른 냄새가 난다고 말한다.

통장이는 이 집 저 집 돌아다녔다. 작은 망치가 여러 개 든 자루를 메고 다녔다. 망치로 통들을 두들겨 고쳐주고 음식을 얻어먹었다. 잠은 헛간에서 잤다.

가을이었다. 구름 사이로 겨울의 추위가 빠끔히 내보였다. 어느 날 아침 통장이는 잠에서 깨지 않았다. 그가 누구인지 아무도 알지 못했다. 어디서 왔는지도. "떠돌이가 분명해." 사람들은 말했다.

보리수나무 가지들이 무덤 위로 늘어져 있다. "사다리는 필요 없어." 크로너 할멈이 말했다. "그러니 어지러울 일도 없지." 할멈은 풀밭에 앉아 보리수꽃을 따다가 바구니에 담았다.

크로너 할멈은 겨우내 보리수꽃 차를 마셨다. 차를 거푸 입안에 들이붓다시피 했다. 크로너 할멈은 차라면 사족을 못 썼다. 찻잔 속에 죽음이 있었다.

크로너 할멈의 얼굴에서 빛이 났다. 사람들은 말했다. "크로너 할멈의 얼굴에 꽃이 피었어." 할멈의 얼굴은 젊었다. 그런 젊음은 결코 좋은 일이 아니었다. 마치 죽기 전에 잠시 젊어지는 듯 보였다. 몸이 부서질 때까지 마냥 젊어지고 또 젊어질 것처럼. 태어나기 전으로 돌아갈 것처럼.

크로너 할멈은 늘 똑같은 노래를 불렀다. "성문 앞 우물곁에 서 있는 보리수." 할멈은 노랫말을 새로 지어 부르기도 했다. 보리수꽃 노랫말을 지어 불렀다.

크로너 할멈이 설탕 없이 차를 마시는 날이면 노랫말이 슬펐다. 할멈은 노래를 부르며 거울을 보았다. 자신의 얼굴에서 보리수나무를 보았다. 할멈의 배와 다리에 상처가 났다.

크로너 할멈은 들판에서 제비고깔을 꺾어다가 끓였다. 갈색 즙을 상처에 발랐다. 상처들은 점점 더 커졌다. 상처들에서 점점 더 달콤한 냄새가 풍겼다.

크로너 할멈은 들판의 제비고깔을 모조리 꺾었다. 제비고깔을 더 많이 끓이고, 보리수꽃 차도 더 많이 끓였다.

커프스단추

유리공장에 독일 사람은 루디 말고는 한 명도 없었다. "주위에 루디 말고는 독일 사람이 한 명도 없다니까." 모피가공사는 말했다. "처음에 루마니아 사람들은 히틀러가 죽었는데도 여전히 독일 사람이 있다는 걸 의아해했어. 공장장의 여비서가 '아니, 아직도 독일 사람이 있네'라고 했다는 거야. '아니, 아직도 독일 사람이 있네, 더구나 루마니아에.'"

"그것도 나름대로 이점이 있어." 모피가공사는 주장했다. "루디는 공장에서 돈을 많이 벌어. 비밀정보기관의 남자랑 잘 지내거든. 그 남자는 키가 크고 금발이래. 눈은 파랗고. 독일 사람처럼 보인다나. 루디 말로는, 교양이 철철 넘친대. 유리라면 모르는 게 없다는군. 루디는 유리로 만든 넥타이핀하고 커프스단추를 그 남자한테 선물했어. 백번 잘한 일이지." 모피가공사는 말했다. "우리가 여권을 얻는 데 그 남자 도움이 컸거든."

루디는 가지고 있던 유리 제품 모두를 그 남자에게 선물했다. 유리 화분. 빗. 파란 유리로 만든 흔들의자. 유리 찻잔과 접시. 유리그림. 붉은 갓이 달린 침실용 유리 전등.

루디는 유리로 만든 귀와 입술, 눈, 손가락과 발가락을 여행가방에 넣어 집으로 가져왔다. 그는 그것들을 바닥에 늘어놓았다. 줄줄이 아니면 둥그렇게 줄 맞춰서. 그러고는 그것들을 바라보았다.

큰 꽃병

아말리에는 도시에서 유치원교사로 일한다. 그리고 토요일에는 집에 온다. 빈디시의 아내는 역에서 딸을 기다린다. 무거운 가방을 같이 들어준다. 아말리에는 토요일마다 식료품이 든 가방 하나, 유리가 든 가방 하나를 들고 온다. 그 유리를 '크리스털'이라고 부른다.

장롱마다 크리스털이 가득하다. 유리는 색깔과 크기별로 정돈되어 있다. 빨간색 포도주잔, 파란색 포도주잔, 흰색 화주잔. 탁자 위에는 유리 과일접시와 꽃병, 꽃바구니가 놓여 있다.

빈디시가 어디서 난 거냐고 물으면 아말리에는 대답한다. "아이들에게 받은 선물이에요."

한 달 전부터 아말리에는 바닥에 세워두는 커다란 크리스털

꽃병 이야기를 한다. "이렇게 커요." 아말리에는 바닥에서부터 엉덩이까지 가리키며 말한다. "짙은 빨간색이에요. 무용수가 그려져 있는데, 레이스 달린 하얀 원피스를 입고 있어요."

그 커다란 꽃병 이야기를 들을 때마다 빈디시의 아내는 눈을 크게 뜬다. 토요일마다 그녀는 말한다. "네 아버지는 그런 커다란 꽃병이 얼마나 귀중한 건지 절대 이해 못 할걸."

"옛날에는 그냥 꽃병이면 충분했어." 빈디시는 말한다. "요즘 사람들은 뭐 하러 바닥에 세워두는 커다란 꽃병을 가지려 드는지."

아말리에가 도시에 있는 동안, 빈디시의 아내는 커다란 꽃병 이야기를 한다. 얼굴에는 미소가 가득하고, 두 손은 야들야들해진다. 마치 뺨을 어루만지듯 손가락을 높이 쳐든다. 아내가 그런 꽃병을 얻을 수만 있다면 다리를 벌리리라는 것을 빈디시는 안다. 허공에서 손가락을 부드럽게 움직이듯 다리를 벌리리라.

아내가 큰 꽃병 이야기를 꺼내면 빈디시는 냉정해진다. 전쟁후의 시절을 생각한다. 사람들은 말했다. "저 여자는 러시아에서 빵 한 조각을 얻으려고 다리를 벌렸어."

그 당시에 빈디시는 생각했다. '아름다운 여자고, 또 배가 몹시 고팠겠지.'

무덤들 사이에서

빈디시는 포로수용소에서 석방되어 마을로 돌아왔다. 죽은 사람들과 행방불명된 사람들로 마을은 상처를 입었다.

바르바라는 러시아에서 죽었다.

카타리나는 러시아에서 살아 돌아왔다. 카타리나는 요제프와 결혼할 생각이었다. 요제프는 전사했다. 카타리나의 얼굴이 창백해졌다. 두 눈이 퀭했다.

카타리나는 빈디시처럼 죽음을 보았다. 카타리나는 빈디시처럼 살아 돌아왔다. 빈디시는 자신의 삶을 얼른 카타리나에게 붙들어 매었다.

빈디시는 상처투성이 마을에서 카타리나와 처음 만난 토요일에 키스했다. 카타리나를 나무에 밀어붙였다. 젊은 배와 둥그스름한 젖가슴을 느꼈다. 빈디시는 카타리나와 함께 채소밭을 따라 걸었다.

흰색 묘비들이 줄지어 서 있었다. 철문이 삐걱거렸다. 카타리나는 성호를 그었다. 그리고 울었다. 빈디시는 카타리나가 요제프의 죽음을 슬퍼한다는 걸 알았다. 빈디시는 철문을 닫았다. 그리고 울었다. 카타리나는 빈디시가 바르바라의 죽음을 슬퍼한다는 걸 알았다.

카타리나는 예배당 뒤편의 풀밭에 앉았다. 빈디시는 그녀에게로 몸을 기울였다. 카타리나는 그의 머리카락을 만지작거렸다. 그녀는 미소지었다. 빈디시는 그녀의 치마를 밀어올렸다. 자신의 바지 단추를 풀었다. 그녀에게 체중을 실었다. 카타리나는 풀을 움켜쥐었다. 숨을 헐떡였다. 빈디시는 카타리나의 머리 너머를 바라보았다. 묘비들이 빛나고 있었다. 카타리나가 부르르 몸을 떨었다.

카타리나는 일어나 앉았다. 치마를 무릎 아래로 끌어내렸다. 빈디시는 카타리나 앞에 서서 바지 단추를 채웠다. 묘지는 넓었다. 빈디시는 자신이 죽지 않았다는 것을 실감했다. 집으로 돌아왔다는 것을. 마을에서, 장롱 안에서 그 바지가 자신을 기다렸다는 것을. 고향 마을이 있고, 앞으로도 오래오래 있으리라는 것을 전쟁터와 포로수용소에서는 미처 몰랐었다.

카타리나는 풀줄기를 입에 물었다. 빈디시가 그녀의 손을 잡아끌며 말했다. "이제 그만 여기서 나가자."

수탉

성당 시계탑의 종이 다섯시를 알린다. 빈디시의 다리는 납덩이처럼 무겁다. 빈디시는 마당으로 나간다. 울타리 위로 야간경비원의 모자가 지나간다.

빈디시는 대문으로 향한다. 야간경비원은 전신주를 붙들고 있다. 그는 혼잣말을 웅얼거린다. "도대체 어디 갔을까, 어디 있을까, 세상에서 가장 어여쁜 장미야." 야간경비원은 말한다. 야간경비원의 개는 포석 위에 앉아 있다. 개는 벌레를 잡아먹는다.

빈디시가 부른다. "콘라트." 야간경비원이 돌아본다. "방목장 밀짚 더미 뒤에 올빼미가 있어." 그는 말한다. "크로너 할멈이 죽었어." 야간경비원은 하품을 한다. 숨쉴 때마다 화주 냄새가 진동한다.

마을에서 닭들이 꼬끼오 운다. 쉰 목소리로 운다. 닭들의 부리에 밤이 있다.

야간경비원이 울타리를 붙잡는다. 손이 지저분하다. 손가락이 굽었다.

시반 屍斑

　빈디시의 아내는 맨발로 통로의 포석 위에 서 있다. 집 안에 바람이 휘몰아치는 듯, 머리카락이 마구 헝클어져 있다. 빈디시는 소름이 돋은 아내의 종아리를 본다. 복사뼈 주변의 꺼칠꺼칠한 피부를.

　빈디시는 아내의 잠옷 냄새를 맡는다. 잠옷은 따뜻하다. 아내의 광대뼈는 단단하다. 광대뼈가 움찔한다. 아내의 입이 일그러진다. "이제야 집에 오다니." 빈디시의 아내는 소리친다. "시곗바늘이 세시를 가리키는 것까지 봤어. 지금은 막 다섯시를 쳤고." 빈디시의 아내는 두 손으로 허공을 휘젓는다. 빈디시는 아내의 손가락을 본다. 끈적거리는 분비물은 묻어 있지 않다.

　빈디시는 손에 쥔 바싹 마른 사과 잎을 바스러뜨린다. 현관에서 아내의 고함 소리가 들린다. 빈디시의 아내는 문을 쾅 닫는다. 고래고래 소리를 지르며 부엌으로 간다. 화덕 위의 숟가락이 딸그락거린다.

　빈디시는 부엌문가에 서 있다. 빈디시의 아내가 숟가락을 높이 쳐든다. "이 오입쟁이." 그녀는 소리친다. "당신이 무슨 짓거리를 하고 다니는지 당신 딸한테 다 이를 거야."

찻주전자 위로 초록색 거품 하나가 부풀어오른다. 거품 위에 아내의 얼굴이 비친다. 빈디시는 아내에게 다가간다. 빈디시는 아내의 얼굴을 후려친다. 빈디시의 아내는 입을 다문다. 고개를 떨어뜨린다. 울면서 찻주전자를 식탁에 내려놓는다.

빈디시는 찻잔 앞에 앉는다. 찻잔에서 피어오르는 김이 그의 얼굴을 집어삼킨다. 박하 향이 김에 실려 부엌으로 퍼진다. 빈디시는 찻물에 비친 자신의 눈을 본다. 설탕이 숟가락에서 빈디시의 눈 속으로 솔솔 흘러내린다. 찻물 속에 숟가락이 서 있다.

빈디시는 차를 한 모금 마신다. "크로너 할멈이 죽었어." 그가 말한다. 빈디시의 아내는 후후 불어 차를 식힌다. 그녀의 눈은 작고 빨갛다. "종이 울려요." 빈디시의 아내는 말한다.

그녀의 한쪽 뺨이 불그스름하다. 그것은 빈디시의 손자국이다. 차에서 오른 수증기 자국이다. 크로너 할멈의 시반이다.

종소리가 벽을 뚫고 울린다. 전등이 울린다. 천장이 울린다.

빈디시는 숨을 깊이 들이마신다. 찻잔 바닥에 서린 자신의 숨결을 본다.

"우리가 언제 어디서 죽을지 누가 알겠어요." 빈디시의 아내는 말한다. 그녀는 손을 머리카락 깊숙이 집어넣는다. 헝클어진 머리카락을 더 흐트러뜨린다. 찻물 한 방울이 턱을 타고 흘러내린다.

거리가 희끄무레하게 밝아온다. 모피가공사네 창문들이 환하다. "오늘 오후에 장례를 치를 거야." 빈디시는 말한다.

술에 날아가버린 편지들

빈디시는 방앗간에 간다. 자전거의 고무타이어가 젖은 풀 속에서 삑삑거린다. 빈디시는 무릎 사이에서 돌아가는 바퀴를 본다. 울타리들이 빗속을 지나간다. 텃밭들이 살랑거린다. 나무들이 빗방울을 뚝뚝 떨어뜨린다.

전몰자 기념비는 잿빛으로 휘감겨 있다. 작은 장미 꽃송이들의 끄트머리가 갈색으로 시들어간다.

움푹 팬 구덩이에 빗물이 고여 있다. 자전거의 고무타이어가 물에 잠긴다. 빈디시의 바짓가랑이에 빗물이 튄다. 포석 위에서 지렁이들이 꿈틀거린다.

목수네 창문이 열려 있다. 침대는 정돈되어 있다. 붉은색 플러시 이불이 깔려 있다. 목수의 아내는 혼자 식탁 앞에 앉아 있다. 식탁 위에는 푸릇푸릇한 콩 한 무더기가 있다.

벽에 기대세워져 있던 크로너 할멈의 관 뚜껑은 이제 보이지 않는다. 침대 위에 걸린 사진 속에서 목수의 어머니가 미소짓고 있다. 하얀 달리아의 죽음으로부터 크로너 할멈의 죽음까지를 향해 미소짓고 있다.

바닥에는 아무것도 깔려 있지 않다. 목수는 붉은 양탄자를 팔았다. 목수도 중요한 서류를 손에 넣었다. 이제 여권이 나오길 기다린다.

빗방울이 빈디시의 목덜미에 떨어진다. 어깨가 축축하게 젖는다.

목수의 아내는 세례증 때문에 신부에게 한 번, 여권 때문에 경찰에게 한 번 불려갈 것이다.

신부가 제의실에 철제침대를 갖다놓았다고 야간경비원은 이야기했다. 신부는 그 침대에서 여자들과 함께 세례증서를 찾는다. "일이 순조롭게 풀리면, 다섯 번 만에 찾아낸다네." 야간경비원은 말했다. "하지만 신부가 일을 아주 철저하게 하려 들면, 열 번이 될 수도 있어. 경찰이 신청서나 인지를 무려 일곱 번 잃어버리거나, 어디 뒀는지 기억 못 하는 경우도 많아. 그러면 경찰은 이주를 신청한 여자들과 우체국 창고의 매트리스 위에서 그걸 찾는대."

야간경비원은 웃었다. "경찰에게 자네 집사람은 너무 나이가 많아. 경찰이 카티를 귀찮게 하는 일은 없을 거야. 하지만 자네 딸은 가만두지 않을걸. 신부는 자네 딸을 가톨릭 신자로 만들고, 경찰은 국적 없는 사람으로 만들 거야. 경찰이 창고에서 볼일이 있다고 하면, 우편집배원 여자가 열쇠를 건네준다지."

빈디시는 방앗간 문을 발로 걷어찼다. "어디 그랬단 봐라." 빈디시는 말했다. "밀가루는 줘도 내 딸은 절대 못 줘."

"그래서 우리 편지들이 중간에서 없어지는 거야." 야간경비원이 말했다. "우편집배원 여자가 편지랑 우표값을 중간에서 가로채거든. 우표값으로는 화주를 사마시고, 편지는 읽고 휴지통에 던져버린다네. 경찰은 우체국 창고에서 볼일이 없으면 창구 안에서 우편집배원 여자와 어울려 화주를 거나하게 들이켜지. 매트리스에서 같이 뒹굴기에 그 여자는 너무 늙었으니까."

야간경비원은 개를 쓰다듬었다. "집배원 여자가 지금까지 술로 탕진한 편지가 수백 통은 될걸." 그가 말했다. "그리고 수백 통의 편지 내용을 경찰한테 미주알고주알 얘기했을 테고."

빈디시는 커다란 열쇠로 방앗간 문을 연다. 이 년을 헤아린다. 작은 열쇠를 자물쇠에 꽂고 돌린다. 날수를 센다. 방앗간 연못 쪽으로 걸음을 옮긴다.

연못이 요동친다. 물결이 높이 일렁인다. 버드나무들이 잎과 바람에 휩싸여 있다. 밀짚 더미는 변함없이 연못에 비친다. 연못에 비친 밀짚 더미가 일렁인다. 밀짚 더미 주위로 개구리들이 기어다닌다. 허연 배를 끌고 풀밭을 돌아다닌다.

연못가에 나와 앉은 야간경비원이 딸꾹질을 한다. 목젖이 옷 밖으로 껑충 뛰어나온다. "파란 양파 말이야." 야간경비원은 말한다. "러시아인들은 파란 양파의 윗부분을 얄팍하게 썰어내. 그리고 소금을 뿌리면, 양파껍질이 장미꽃처럼 벌어지면서 즙이 흘러나와. 맑고 투명한 즙이. 그러면 꼭 수련처럼 보이더라고. 러시아인들은 그 양파를 주먹으로 내리쳐. 발꿈치로 짓이기는 사람들도 있지. 발꿈치를 빙그르르 돌려 짓이기더라니까. 러시아 여자들은 치맛자락을 쳐들고 양파 위에 무릎을 꿇고 앉아. 그러고는 무릎을 빙글빙글 돌려. 우리 병사들은 러시아 여자들의 엉덩이를 붙잡고 같이 돌렸어."

야간경비원의 눈이 촉촉하게 젖어든다. "나는 러시아 여자들의 무릎에 눌려 버터처럼 흐물흐물해진 달콤한 양파를 먹었어." 그가 말한다. 양 볼은 생기 없이 늘어져 있다. 두 눈이 양파처럼 반짝이며 젊어진다.

빈디시는 밀가루 두 포대를 연못가로 나른다. 포대에 덮개를 씌운다. 밤이 되면 야간경비원이 그 포대들을 경찰에게 가져갈 것이다.

갈대가 흔들린다. 갈대 줄기에 흰 거품이 달라붙어 있다. '레이스 달린 무용복이 꼭 저렇게 생겼을 테지. 커다란 꽃병 따위 내 집에 필요 없어.' 빈디시는 생각한다.

"여자들은 어디에나 있어. 연못 속에도 여자들은 있다고." 야간경비원은 말한다. 빈디시는 갈대 사이로 그녀들의 속옷을 본다. 그는 방앗간으로 들어간다.

파리

크로너 할멈이 검은 옷을 입고 관 속에 누워 있다. 두 손은 미끄러지지 않도록 배 위에 흰 끈으로 묶여 있다. 저 위, 천국의 문에 이르면 기도하기 위해.

"잠자는 사람처럼 편안해 보여." 이웃집에 사는 말라깽이 빌마가 말한다. 빌마의 손에 파리 한 마리가 앉는다. 말라깽이 빌마는 손가락을 꼼지락거린다. 파리가 빌마 옆의 작은 손으로 옮겨 앉는다.

빈디시의 아내는 두건의 빗방울을 털어낸다. 빗방울이 투명한 끈처럼 조르르 신발에 떨어진다. 기도하는 여자들 옆에는 우산이 세워져 있다. 의자들 아래 물 자국이 어지러이 뒤엉켜 있다. 물 자국은 구불구불 이어진다. 신발들 사이에서 반짝인다.

빈디시의 아내는 문 옆의 빈 의자에 앉는다. 눈에서 굵은 눈물을 뚝뚝 떨어뜨린다. 파리가 그녀의 뺨에 앉는다. 눈물이 파리 위로 흘러내린다. 파리는 젖은 날개로 방 안을 날아다닌다. 그러다 되돌아온다. 빈디시의 아내에게 내려앉는다. 그녀의 생기 없는 집게손가락에.

빈디시의 아내는 기도하며 파리를 바라본다. 파리는 손톱 주위의 살갗을 살살 기어다닌다. '황금지빠귀 아래 있던 파리야. 밀가루 체에 앉았던 파리.' 빈디시의 아내는 생각한다.

빈디시의 아내는 기도문에서 심오한 구절을 발견한다. 그 구절 때문에 한숨짓는다. 한숨을 내쉬자, 손이 떨린다. 손톱에 앉은 파리가 그 한숨을 느낀다. 파리는 그녀의 볼을 지나 방 안으로 날아간다.

빈디시의 아내는 '저희를 위해 기도하소서' 하고 입술로 웅얼웅얼 기도한다.

파리는 천장 아래로 날아간다. 초상집에서 밤샘하는 사람들을 위해 긴 노래를 윙윙거린다. 빗물의 노래. 무덤 같은 흙의 노래.

빈디시의 아내는 기도를 웅얼거리면서 고뇌의 눈물을 몇 줄기 더 흘린다. 눈물을 볼로 흘려보낸다. 입언저리에 짭짤한 맛이 감돌도록 내버려둔다.

말라깽이 빌마는 의자 아래서 손수건을 찾는다. 신발들 사이에서 찾는다. 검은 우산들에서 흘러나온 실개천 사이에서.

말라깽이 빌마는 신발들 사이에서 묵주를 발견한다. 그녀의 얼굴은 작고 뾰족하다. "이 묵주 누구 거야?" 빌마가 묻는다. 아무도 빌마를 쳐다보지 않는다. 모두 침묵한다. "누가 알겠어." 그녀는 한숨을 내쉰다. "그렇게 많은 사람이 다녀갔는데." 빌마는 묵주를 자신의 기다란 검은 치마 호주머니에 집어넣는다.

파리가 크로너 할멈의 볼에 앉는다. 크로너 할멈의 죽은 피부 위에서 파리는 살아 있는 생명체이다. 파리가 크로너 할멈의 뻣뻣한 입가에서 윙윙거린다. 단단한 턱 위에서 춤을 춘다.

창밖에는 비가 주룩주룩 내린다. 빗물이 얼굴을 타고 흘러내리기라도 하듯, 기도문을 선창하는 여인은 짧은 속눈썹을 움찔한다. 마치 빗물이 눈을 씻어내기라도 하듯. 기도하느라 망가진 속눈썹을 씻어내기라도 하듯. "전국적으로 폭우가 쏟아지고 있어." 그녀가 말한다. 빗물이 목구멍으로 흘러들어가기라도 하듯 말하다 말고 입을 다문다.

말라깽이 빌마가 죽은 할멈을 바라본다. "폭우는 바나트에만 쏟아져." 빌마는 말한다. "우리 날씨는 부쿠레슈티가 아니라 오스트리아의 영향을 받거든."

거리에서 빗물이 기도를 한다. 빈디시의 아내는 마지막으로 눈물을 몇 방울 더 흘리며 코를 훌쩍인다. "노인들 말로는, 착한 사람이 죽으면 관에 비가 내린대." 그녀는 방 안에 대고 말한다.

크로너 할멈의 관 위에 수국 다발이 꽂혀 있다. 수국은 서서히 보랏빛으로 시들어간다. 관 속에 누워 있는 피부와 뼈의 죽음이 수국을 데려가고, 빗물의 기도가 수국을 데려간다.

파리가 향기 없는 수국 다발 속으로 기어들어간다.

신부가 문으로 들어온다. 몸이 물로 가득 찬 듯 발걸음이 무겁다. 신부는 복사에게 검은 우산을 건네며 말한다. "예수그리스도여, 찬미받으소서." 여자들은 웅얼거리고, 파리는 윙윙거린다.

목수가 관 뚜껑을 방 안으로 나른다.

수국 꽃잎 하나가 움찔한다. 반은 보랏빛이고 반은 죽은 꽃잎이 하얀 끈에 묶인 채 기도하는 손 위에 떨어진다. 목수는 관 뚜껑을 덮는다. 검은 못을 망치로 쿵쿵 두드려 관을 봉한다.

시신을 실어나를 마차가 번쩍거린다. 말은 나무들을 바라본다. 마부는 말의 등을 회색 모포로 덮는다. "말이 감기 들겠어." 그가 목수를 향해 말한다.

복사가 신부의 머리 위로 커다란 우산을 받쳐준다. 신부는 다리가 없다. 검은 수도복 자락이 진창 속을 걷는다.

빈디시는 구두 속에서 물이 철렁거리는 걸 느낀다. 빈디시는 제의실의 못에 대해 잘 안다. 수도복이 걸려 있는 긴 못에 대해 잘 안다. 목수가 물웅덩이에 발을 내디딘다. 빈디시는 목수의 구두끈이 물속에 잠기는 걸 본다.

'저 검은 수도복은 많은 것을 봤겠지.' 빈디시는 생각한다. '신부가 여자들하고 철제침대에서 세례증을 찾는 것도 봤을 거야.' 목수가 뭐라고 묻는다. 빈디시는 목수의 목소리를 듣는다. 무슨 말인지 알아듣지는 못한다. 빈디시의 등뒤에서 클라리넷 소리와 둔탁한 북 소리가 들려온다.

야간경비원의 모자에서 흘러내리는 빗물이 마치 둥근 모자 테를 장식하는 수술처럼 보인다. 시신을 실은 마차 위에서 관을 덮은 천이 펄럭인다. 울퉁불퉁한 곳을 지날 때마다 수국 다발이 파르르 떤다. 수국은 꽃잎을 진창에 뿌린다. 바퀴 아래 진창이 반짝인다. 마차가 유리처럼 미끄러운 물웅덩이 속에서 빙그르르 돈다.

취주악은 차갑다. 둔탁한 북 소리가 축축하고 먹먹하게 울려 퍼진다. 마을 위로 솟은 지붕들이 물을 따라간다.

묘지의 하얀 대리석 십자가들이 빛난다. 종이 마을 위에서 혀 꼬부라진 소리로 웅얼거린다. 빈디시는 자신의 모자가 물웅덩이를 지나가는 걸 본다. '방앗간 연못의 물이 붇겠어.' 빈디시는 생각한다. '경찰에게 갖다줄 밀가루포대가 빗물에 떠내려갈지

도 몰라.'

무덤 속에 물이 고여 있다. 찻물처럼 노르스름하다. "크로너 할멈, 이제 차는 원없이 마시겠네." 말라깽이 빌마가 속삭인다.

기도를 선창하는 여자가 무덤 사이로 난 길가의 데이지를 발로 밟는다. 복사는 우산을 비스듬히 든다. 향이 땅속으로 빨려들어간다.

신부가 진흙 한 줌을 관 위에 떨어뜨린다. "흙이여, 본디 너의 것을 받아라. 하느님, 당신의 것을 받아주소서." 신부는 말한다. 복사는 길고 축축한 '아멘'을 노래한다. 빈디시는 신부의 입속 어금니를 바라본다.

땅속에서 흘러나온 물이 관을 덮은 천에 스며든다. 야간경비원은 모자를 벗어 가슴에 댄다. 모자 테를 손으로 짓누른다. 모자가 주글주글해진다. 검은 장미꽃잎처럼 안으로 말린다.

신부는 기도서를 덮는다. "우리는 저세상에서 다시 만나게 될 겁니다." 그가 말한다.

무덤 파는 인부는 루마니아인이다. 무덤삽을 배에 기대놓는다. 양 어깨에 성호를 긋는다. 양손에 침을 뱉는다. 그러고는 삽질을 시작한다.

취주악이 차가운 조가를 연주한다. 조가는 한없이 늘어진다. 재단사 수습생이 호른을 분다. 수습생의 푸르스름한 손가락에 흰 얼룩이 보인다. 수습생은 노래 속으로 미끄러져 들어간다. 그의 귀 옆에 커다랗고 노란 나팔이 솟아 있다. 그것은 축음기 나팔처럼 빛난다. 나팔을 빠져나온 조가가 파열한다.

북 소리가 둔탁하게 울린다. 기도를 선창하는 여인의 목젖이 두건 자락 사이에 매달려 있다. 무덤은 흙으로 채워진다.

빈디시는 눈을 감는다. 물에 젖은 하얀 대리석 십자가 때문에 눈이 아프다. 비 때문에 눈이 아프다.

말라깽이 빌마가 묘지 정문을 빠져나간다. 크로너 할멈의 무덤 위에 헝클어진 수국 더미가 놓여 있다. 목수는 어머니의 무덤 앞에 서서 눈물을 흘린다.

빈디시의 아내는 데이지를 밟고 서 있다. "이제 우리도 가요." 남편에게 말한다. 빈디시는 아내와 나란히 아내의 검은 우산을 쓰고 간다. 우산은 커다란 검은 모자이다. 빈디시의 아내는 자루 달린 모자를 치켜들고 걸어간다.

묘지에는 맨발의 무덤 파는 인부 홀로 남는다. 그는 무덤삽으로 고무장화의 흙을 닦아낸다.

왕께서 주무십니다

전쟁 전, 진홍색 제복 차림의 마을 악대가 역에 도열해 있었다. 오렌지백합과 과꽃과 아카시아 잎으로 엮은 화환이 역사驛舍의 박공에 주렁주렁 걸려 있었다. 사람들은 나들이옷을 차려입었다. 아이들은 무릎까지 올라오는 긴 흰색 양말을 신었다. 커다란 꽃다발을 얼굴 앞에 들고 있었다.

기차가 역으로 들어오자, 악대는 행진곡을 연주했다. 사람들은 박수를 쳤다. 아이들은 꽃을 공중으로 높이 던졌다.

기차는 느릿느릿 달렸다. 젊은 남자가 차창 밖으로 긴 팔을 내밀었다. 손가락을 펼치고는 외쳤다. "조용히 하시오. 왕께서 주무십니다."

기차가 역을 빠져나갔을 때, 마침 흰 염소 떼가 방목장에서 돌아왔다. 염소들은 선로를 따라가며 꽃다발을 먹었다.

악사들은 행진곡을 연주하다 말고 집으로 돌아갔다. 남자들과 여자들은 손을 흔들다 말고 집으로 돌아갔다. 아이들은 빈손으로 집으로 돌아갔다.

행진곡이 끝나고 박수를 치고 나서 왕에게 시를 읊어 바치기로 되어 있던 소녀는 혼자 대합실에 앉아 울었다. 염소들이 꽃다발을 전부 먹어치울 때까지.

커다란 집

청소부는 층계 난간의 먼지를 닦는다. 한쪽 뺨이 거무스름하게 멍들고 눈꺼풀은 보라색이다. 그녀가 울먹이며 말한다. "그 사람이 또 주먹을 휘둘렀어요."

현관 벽의 빈 옷걸이들이 반짝인다. 옷걸이들에는 동그란 테에 뾰족한 고리가 달려 있다. 비스듬히 닳은 작은 슬리퍼들이 옷걸이 아래 한 줄로 가지런히 놓여 있다.

아이들은 각자 집에서 판박이그림을 하나씩 유치원에 가져왔다. 아말리에는 그림들을 옷걸이 아래 붙였다.

매일 아침 아이들은 각자 자신의 자동차, 개, 인형, 꽃, 공을 찾는다.

우도가 문으로 들어온다. 자신의 깃발을 찾는다. 깃발은 검은색, 빨간색, 황금색의 삼색기*이다. 우도는 깃발 위의 옷걸이에 외투를 건다. 그리고 신발을 벗는다. 빨간 실내화를 신는다. 신발을 외투 아래 놓는다.

우도의 어머니는 초콜릿 공장에서 일한다. 화요일마다 설탕과 버터, 코코아, 초콜릿을 아말리에에게 가져온다. "우도는 앞으로 유치원을 삼 주만 더 다닐 거예요." 어제 우도의 어머니가 아말리에에게 말했다. "우리 여권이 나온다는 통지를 받았어요."

치과의사가 반쯤 열린 문으로 딸을 들여보낸다. 흰색 베레모가 눈송이마냥 어린 소녀의 머리를 덮고 있다. 소녀는 옷걸이 아래의 개를 찾는다. 치과의사는 아말리에에게 카네이션 한 다발과 작은 약갑을 건넨다. "앙카가 감기예요." 치과의사는 말한다. "열시에 약을 좀 먹여주세요."

청소부는 먼지 닦는 걸레를 창밖에 턴다. 아카시아가 누르스름하다. 늙은 남자가 아침마다 집 앞의 길을 비로 쓴다. 아카시아가 바람 속으로 이파리를 날려 보낸다.

아이들은 매의 제복**을 입고 있다. 노란색 윗옷과 검푸른 색 바지나 주름치마. '오늘 수요일이지.' 아말리에는 문득 생각한다. '매의 날이구나.'

---

* 검은색, 빨간색, 노란색의 삼색으로 이루어진 독일 국기를 뜻한다.
** 루마니아의 독재자 니콜라에 차우셰스쿠는 어릴 때부터 엘리트 루마니아인을 육성할 목적으로 유치원에 '조국을 위한 매'라는 조직을 만들었다. 매의 제복은 이 조직에 속한 어린이들이 착용했던 제복.

장난감 블록이 달그락거린다. 크레인이 윙윙거린다. 작은 손 앞에서 인디언들이 열을 지어 행군한다. 우도는 공장을 짓는다. 인형들이 여자아이들의 손가락에서 우유를 받아먹는다.

앙카의 이마가 뜨겁다.

루마니아 국가가 천장을 뚫고 울려 퍼진다. 위층에서 상급반 아이들이 노래를 부른다.

장난감 블록은 차곡차곡 쌓여 있다. 크레인은 침묵을 지킨다. 인디언들은 테이블 가장자리에 줄 맞추어 서 있다. 공장에는 지붕이 없다. 기다란 실크 원피스 차림의 인형은 의자에 누워 있다. 인형은 잠을 잔다. 얼굴이 발그레하다.

아이들은 키 순서대로 줄을 서서 교탁을 반원형으로 에워싼다. 두 손바닥으로 허벅다리를 누른다. 턱을 치켜든다. 크게 뜬 눈이 촉촉해진다. 아이들은 목청을 높여 노래한다.

어린 소년 소녀들은 작은 군인들이다. 루마니아 국가는 전부 7절이다.

아말리에는 루마니아 지도를 벽에 건다.

"모든 어린이는 아파트나 주택에 살아요." 아말리에가 말한다. "집집마다 방이 있어요. 집들이 모두 모여 하나의 커다란 집을 이루지요. 이 커다란 집이 우리나라예요. 바로 우리의 조국이지요."

아말리에는 지도를 가리키며 말한다. "이것이 우리 조국이에요." 손가락으로 지도에서 검은 점들을 찾는다. "이것은 우리 조국의 도시들이에요." 아말리에는 말한다. "도시들은 바로 이 커다란 집, 우리나라의 방들이에요. 우리 집들에는 우리 어머니와 아버지가 살아요. 그분들은 우리 부모님이에요. 모든 어린이에게는 부모님이 있어요. 우리가 사는 집의 아버지가 우리 아버지인 것처럼, 니콜라에 차우셰스쿠 동지는 우리나라의 아버지예요. 우리가 사는 집의 어머니가 우리 어머니인 것처럼, 엘레나 차우셰스쿠 동지는 우리나라의 어머니예요. 니콜라에 차우셰스쿠 동지는 모든 어린이의 아버지예요. 그리고 엘레나 차우셰스쿠 동지는 모든 어린이의 어머니예요. 모든 어린이는 니콜라에 차우셰스쿠 동지와 엘레나 차우셰스쿠 동지를 사랑해요. 그분들은 모든 어린이의 부모님이기 때문이지요."

청소부는 빈 휴지통을 문 옆에 세워놓는다. "우리의 조국은 루마니아 사회주의공화국이지요." 아말리에가 말한다. "니콜라에 차우셰스쿠 동지는 우리나라 루마니아 사회주의공화국의 서기장이에요."

한 소년이 벌떡 일어난다. "우리 집엔 지구본이 있어요."

소년은 말한다. 두 손으로 공 모양을 만들어 보인다. 소년이 꽃병을 밀친다. 카네이션이 물과 함께 나동그라진다. 소년의 매의 윗옷이 젖는다.

소년 앞의 작은 책상 위에 유리 조각들이 널려 있다. 소년은 울음을 터뜨린다. 아말리에는 책상을 밀어낸다. 소년을 나무라서는 안 된다. 클라우디우의 아버지는 길모퉁이 정육점의 관리인이다.

앙카가 책상에 엎드린다. "우리 언제 집에 가요." 소녀는 루마니아 말로 묻는다. 독일 말이 소녀의 머릿속을 성가시게 떠돈다. 우도는 공장에 지붕을 올린다. "우리 아버지는 우리 집의 서기장이야." 우도는 말한다.

아말리에는 누르스름한 아카시아 잎을 바라본다. 여느 때와 다름없이 늙은 남자가 열린 창문가에 서 있다. '영화표는 디트마르가 사겠지.' 아말리에는 생각한다.

인디언들이 교실 바닥을 가로질러 행군한다. 앙카는 약을 삼킨다.

아말리에는 창틀에 기대며 묻는다. "누가 시를 외워볼까."

"나는 산봉우리 둥글게 솟은 나라를 알아요, / 산꼭대기에서 이른 아침이 눈부시게 빛나요, / 바다의 파도를 가르듯 숲속에서 / 봄바람이 힘차게 불어요, 모든 것이 활짝 꽃필 때까지."

클라우디우는 독일 말을 잘한다. 클라우디우는 턱을 치켜든다. 클라우디우는 쪼그라든 어른 남자의 목소리로 독일 말을 한다.

십 레이

이웃마을의 작은 집시여자가 풀빛 앞치마의 물기를 짜낸다. 손에서 물이 조르르 흘러내린다. 머리 한가운데서 길게 땋아내린 머리다발이 어깨에 대롱거린다. 머리 가닥 속에 빨간 리본을 넣어 같이 땋았다. 빨간 리본이 머리다발 끝에서 혀처럼 날름거린다. 작은 집시여자는 맨발로 트랙터 기사들 앞에 서 있다. 발가락에 진흙이 잔뜩 묻어 있다.

트랙터 기사들은 축축하게 젖은 작은 모자를 쓰고 있다. 그들의 거무스름한 손이 테이블 위에 놓여 있다. "자, 어서 보여줘." 한 트랙터 기사가 말한다. "십 레이 줄게." 그러면서 십 레이짜리 지폐를 테이블에 놓는다. 트랙터 기사들은 웃음을 터뜨린다. 눈들이 반짝인다. 얼굴들이 붉다. 치렁치렁한 꽃무늬 치마 위를 눈길로 더듬는다. 집시여자는 치마를 들어올린다. 트랙터 기사는 잔을 비운다. 집시여자는 테이블 위의 지폐를 집어든다. 땋아내린 머리카락을 손가락에 돌돌 감으며 웃는다.

옆 테이블의 화주 냄새와 땀 냄새가 빈디시의 코끝을 스친다. "저들은 여름 내내 털조끼를 입어." 목수가 말한다. 그의 엄지손가락에 맥주 거품이 묻어 있다. 목수는 집게손가락을 맥주잔에

담근다. "저 비열한 녀석이 내 맥주 속에 담뱃재를 불어넣었어." 목수는 말한다. 그는 등뒤에 서 있는 루마니아 남자를 바라본다. 루마니아 남자는 입가에 담배를 물고 있다. 담배에 침이 묻어 축축하다. 그는 웃는다. "독일 말 그만하시지." 남자는 말한다. 그러고는 루마니아 말로 덧붙인다. "여긴 루마니아거든."

목수의 눈빛이 탐욕스러워진다. 그는 잔을 들고 맥주를 쭉 들이켠다. "우리가 여기서 사라져주면 될 거 아냐." 목수는 크게 소리친다. 트랙터 기사들 옆에 서 있는 술집 주인을 손짓해 부른다. "맥주 한 잔 더 주시오."

목수는 손등으로 입을 훔친다. "자네 원예사에게 벌써 다녀왔나." 그는 묻는다. "아니." 빈디시는 대답한다. "어딘지는 알아." 목수가 묻는다. 빈디시는 고개를 끄덕인다. "도시 변두리에 있지." "프라텔리아, 에네스쿠 거리." 목수는 말한다.

작은 집시여자가 머리카락 끝에서 날름거리는 빨간 혀를 잡아당긴다. 몸을 빙그르르 돌리며 웃는다. 빈디시는 집시여자의 종아리를 본다. "얼마 하는데." 그는 묻는다. "두당 만오천." 목수는 대답한다. 그러고는 술집 주인의 손에서 맥주잔을 받아든다. "단층집이야. 왼쪽에 온실이 있어. 마당에 빨간 자동차가 서 있으면, 문이 열린 거야. 한 남자가 마당에서 장작을 패고 있다가 자넬 집 안으로 안내할 거야." 목수는 말한다. "초인종은 누르지 마. 초인종이 울리면 장작 패는 남자가 몸을 숨기거든. 그러곤 절대로 문을 열어주지 않아."

술집 한구석에 서 있는 남자들과 여자들이 술을 병째 꿀꺽꿀꺽 들이켠다. 짜부라진 검은색 우단 모자를 쓴 남자가 팔에 아이를 안고 있다. 빈디시는 그 아이의 작은 맨발바닥을 본다. 아이가 병을 향해 손을 내민다. 입을 벌린다. 남자가 아이의 입에 병을 갖다 댄다. 아이는 눈을 감고 마신다. "이런 술고래." 남자가 말한다. 그러고는 술병을 도로 빼며 웃는다. 그 옆의 여자는 빵 껍질을 뜯어먹는다. 빵 껍질을 씹고 술을 마신다. 흰 빵 부스러기가 병 속에서 요리조리 흔들린다.

"저치들한테서 외양간 냄새가 나." 목수는 말한다. 손가락에 기다란 갈색 머리카락 한 올이 매달려 있다.

"젖 짜는 목부牧夫들이군." 빈디시는 말한다.

여자들이 노래를 부른다. 아이가 여자들 앞에서 비틀거리며 치맛자락을 잡아당긴다.

"오늘 봉급날이야." 빈디시는 말한다. "저렇게 사흘 내리 마셔 댄다니까. 그러곤 다시 빈털터리가 되지."

"저기 파란 두건을 쓴 목부 여자는 방앗간 뒤편에 살아." 빈디시는 말한다.

작은 집시여자가 치마를 들어올린다. 무덤 파는 인부가 무덤

삽 옆에 서 있다. 호주머니에 손을 집어넣는다. 십 레이를 집시 여자에게 건넨다.

파란 두건을 쓴 목부 여자가 노래를 부르다 말고 벽에 토한다.

총성

검표원 여자는 소맷부리를 걷어올리고 있다. 검표원은 사과를 먹는다. 검표원의 시계에서 초침이 움찔거린다. 오 분이 지났다. 전차가 끼익 날카로운 소리를 낸다.

한 아이가 아말리에를 어느 노부인의 여행가방 위로 밀친다. 아말리에는 뛰어간다.

디트마르는 공원 입구에 서 있다. 디트마르의 입은 아말리에의 볼을 애타게 기다린다. "아직 시간이 있어." 디트마르는 말한다. "일곱시 표야. 다섯시 표는 매진되었어."

벤치는 차갑다. 키 작은 남자들이 마른 잎을 담은 버드나무 광주리를 들고 잔디밭을 지나간다.

디트마르의 혀는 뜨겁다. 뜨거운 혀가 아말리에의 귓속에서 불타오른다. 아말리에는 눈을 감는다. 디트마르의 숨결은 아말리에의 머릿속 나무들보다 더 크다. 아말리에의 블라우스 아래를 더듬는 디트마르의 손은 차갑다.

디트마르는 입을 다문다. "군대 소집영장이 나왔어." 그가 말한다. "아버지가 여행가방을 가져다주셨어."

아말리에는 귀에서 디트마르의 입을 밀어낸다. 그의 입을 손으로 누른다. "시내로 가." 아말리에는 말한다. "나 추워."

아말리에는 디트마르에게 몸을 기댄다. 그의 발걸음을 느낀다. 마치 한쪽 어깨인 양 그의 윗옷 아래 바싹 달라붙어 걷는다.

가게 진열창에 고양이가 누워 있다. 자고 있다. 디트마르는 진열창 유리를 두드린다. "털양말을 사야 해." 그가 말한다. 아말리에는 뿔 모양의 롤빵을 먹는다. 디트마르는 담배 연기를 아말리에의 얼굴에 내뿜는다. "따라와." 아말리에는 말한다. "바닥에 세워두는 큰 꽃병을 보여줄게."

무용수는 한 팔을 머리 위로 올리고 있다. 레이스 달린 하얀 옷이 유리창 뒤에서 뻣뻣해 보인다.

디트마르는 진열창 옆의 나무문을 연다. 문 뒤로 컴컴한 통로가 이어진다. 어둠 속에서 썩은 양파 냄새가 난다. 쓰레기통 세 개가 커다란 통조림통처럼 벽에 나란히 서 있다.

디트마르는 아말리에를 쓰레기통 위로 쓰러뜨린다. 쓰레기통 뚜껑이 삐걱거린다. 아말리에는 뱃속에서 디트마르의 페니스를 느낀다. 그의 어깨를 부여잡는다. 안마당에서 아이의 말소리가 들린다.

디트마르는 바지 단추를 채운다. 뒤편 마당의 작은 창문에서 음악 소리가 흘러나온다.

아말리에는 긴 행렬을 따라 앞으로 나아가는 디트마르의 구두를 본다. 좌석 안내원은 검은 옷에 검은 두건을 쓰고 있다. 좌석 안내원이 손전등을 끈다. 트랙터 트레일러 위로 곡물수확기가 보인다. 곡물수확기의 기다란 모가지에서 옥수수 속대들이 주르르 흘러내린다. 예고편이 끝난다.

디트마르의 머리는 아말리에의 어깨에 기대 있다. 스크린의 빨간 글자들이 점점 커진다. '20세기의 해적.' 아말리에는 디트마르의 무릎에 손을 올려놓는다. "또 러시아 영화야." 아말리에가 속삭인다. 디트마르가 고개를 든다. "그나마 컬러영화잖아." 그는 아말리에의 귀에 대고 말한다.

초록색 물이 파르르 떤다. 초록색 숲이 물가에 비친다. 배의 갑판은 널찍하다. 아름다운 여인이 양손으로 배의 난간을 잡고 있다. 여인의 머리카락이 나뭇잎처럼 흩날린다.

디트마르는 아말리에의 손가락을 꽉 쥐고 힘을 준다. 스크린을 바라본다. 아름다운 여인이 뭐라고 말한다.

"우리는 다시 못 만날 거야." 디트마르는 말한다. "나는 군대에 가야 하고, 너는 루마니아를 떠날 거잖아." 아말리에는 디트마르의 볼을 본다. 볼이 움직인다. 볼이 말한다. "루디가 널 기다린다는 얘길 들었어." 디트마르는 말한다.

스크린에서 한 손이 펴진다. 그 손은 윗옷 주머니 안을 더듬는다. 엄지손가락과 집게손가락이 스크린에 보인다. 그 사이로 리볼버가 보인다.

디트마르가 말한다. 아말리에는 디트마르의 목소리 너머로 총성을 듣는다.

물은 쉬지 않는다

"올빼미가 꼼짝도 안 해." 야간경비원은 말한다. "사람이 죽은 데다가 폭우까지 쏟아지니, 올빼미도 힘들 테지. 오늘 밤에 달을 못 보면 두 번 다시 날지 못할걸. 올빼미가 죽으면 물에서 악취가 풍길 거야."

"올빼미들은 쉬지 않아. 물도 쉬지 않고." 빈디시는 말한다. "올빼미가 죽으면 다른 올빼미가 마을을 찾아올 거야. 사정을 잘 모르는 미련하고 젊은 올빼미가. 집집마다 찾아다니며 지붕에 앉겠지."

야간경비원은 달을 바라보며 말한다. "그러면 또 젊은 사람들이 죽을 테고." 빈디시는 야간경비원이 내쉰 숨이 자신의 얼굴 앞에서 어른거리는 걸 본다. 피곤한 표정으로 간신히 한 문장을 내뱉는다. "그러면 또다시 전쟁 때처럼 되겠지."

"방앗간 안에서 개구리들이 시끄럽게 울어대는군." 야간경비원이 말한다.

개구리 소리에 개가 미친 듯이 날뛴다.

눈먼 닭

빈디시의 아내는 침대 끝에 앉아 있다. "오늘 남자 둘이 다녀갔어요." 그녀가 말한다. "닭이 몇 마리인지 세서 장부에 기록했어요. 그러고는 여덟 마리나 잡아갔어요. 닭들을 철장에 집어넣더라고요. 트랙터 트레일러에 닭이 꽉 찼더라니까." 빈디시의 아내는 한숨을 내쉰다. "내가 서명했어요." 그녀가 말한다. "옥수수 사백 킬로그램하고 감자 백 킬로그램도 내겠다고 서명했어요. 그건 나중에 따로 가져가겠대요. 달걀 오십 개는 그 자리에서 내줬어요. 그 사람들은 고무장화를 신고 텃밭까지 돌아보았어요. 헛간 앞에 자란 토끼풀을 보더니, 내년에는 사탕무를 심으라나."

빈디시는 냄비 뚜껑을 연다. "이웃집은 어떻게 됐어." 그가 묻는다. "거긴 안 갔어요." 빈디시의 아내는 대답한다. 그녀는 침대에 누워 이불을 덮는다. "그 남자들 말로는, 이웃집엔 어린애가 여덟이나 되는데 우리 집엔 다 커서 돈을 버는 딸이 하나 있다는 거예요."

냄비 안에는 피와 간이 있다. "커다란 흰 수탉을 잡을 수밖에 없었어요." 빈디시의 아내는 말한다. "남자 둘이 마당을 헤집고 다니자, 수탉이 지레 놀란 모양이에요. 푸드덕거리며 울타리로 올라가다가 그만 머리를 부딪쳤지 뭐예요. 남자들이 가고 난 후에 보니 눈이 멀었더라고요."

냄비 안에서 둥글둥글한 양파 조각들이 기름진 눈알 위로 동동 떠다닌다. "내년에 커다란 흰 닭들을 키우려면 그 커다란 흰 수탉을 잘 돌봐야 한다며." 빈디시는 말한다. "그리고 당신은 흰

것들이 예민하다고 했지요. 당신 말이 맞았어요." 빈디시의 아내는 말한다.

장롱이 바스락거린다.

"방앗간으로 자전거를 타고 가다가 전적비 옆에서 내렸어." 어둠 속에서 빈디시는 말한다. "성당에 잠깐 들러 기도를 하고 싶었거든. 성당 문이 닫혀 있더라고. 나쁜 징조구나 싶었어. 성당 문 바로 뒤에 성 안토니우스가 서 있잖아. 성 안토니우스가 들고 있는 두툼한 책이 갈색이야. 여권처럼."

빈디시는 방 안의 따뜻하고 어두운 공기에 취해 하늘이 열리는 꿈을 꾼다. 구름들이 마을을 벗어나 멀리 날아간다. 텅 빈 하늘을 가르며 흰 닭이 날아간다. 초원에 서 있는 메마른 포플러나무에 머리를 부딪친다. 닭은 앞을 못 본다. 눈이 멀었다. 빈디시는 해바라기 꽃밭 언저리에 서서 외친다. "새가 눈이 멀었다." 빈디시의 목소리의 울림이 아내의 목소리가 되어 돌아온다. 빈디시는 해바라기 꽃밭 깊숙이 들어가며 소리친다. "난 너를 찾지 않아, 네가 여기 없다는 걸 아니까."

빨간 자동차

목조 막사는 검은 정사각형이다. 양철연통에서 연기가 스멀스멀 기어나온다. 연기는 축축한 땅속으로 기어들어간다. 막사 문이 열려 있다. 파란 작업복 차림의 남자가 막사 안의 나무 벤치에 앉아 있다. 테이블에 양은그릇이 놓여 있다. 그릇에서 김이 오른다. 남자는 빈디시의 뒷모습을 바라본다.

맨홀 뚜껑이 열려 있다. 맨홀 안에 한 남자가 서 있다. 빈디시는 노란 헬멧을 쓴 남자의 머리가 땅 위로 솟은 것을 본다. 빈디시는 남자의 턱 옆을 지나간다. 남자는 빈디시의 뒷모습을 바라본다.

빈디시는 외투 호주머니에 양손을 찔러넣고 있다. 윗옷 안주머니의 돈다발이 묵직하게 느껴진다.

마당 왼편에 온실이 있다. 유리에 김이 서려 있다. 김이 나뭇가지들을 집어삼킨다. 연무 속에서 장미꽃들이 빨갛게 불타오른다. 빨간 자동차가 마당 한가운데 서 있다. 자동차 옆에는 나무 토막들이 나뒹군다. 담벼락에 장작이 쌓여 있다. 도끼가 자동차 옆에 놓여 있다.

빈디시는 천천히 걸음을 옮긴다. 손으로 외투 호주머니 속의 전차표를 구긴다. 구두를 뚫고 올라오는 젖은 아스팔트를 느낀다.

빈디시는 주위를 둘러본다. 장작을 패는 남자는 마당 어디에도 보이지 않는다. 노란 헬멧을 쓴 머리가 빈디시의 뒷모습을 바라본다.

울타리가 끝난다. 옆집에서 두런두런 목소리가 들려온다. 정원을 장식하는 도자기 난쟁이가 수국 다발을 힘겹게 나르고 있다. 난쟁이는 빨간 모자를 쓰고 있다. 눈처럼 새하얀 개가 주위를 맴돌며 컹컹 짖는다. 빈디시는 거리를 내려다본다. 전차 선로가 적막 속으로 달려간다. 선로 사이에서 풀이 자란다. 기름이 묻어 풀잎이 거무스름하다. 전차의 끼익거리는 소리와 선로의 비명 소리에 시달려 풀은 자라다 말고 허리가 꼬부라졌다.

빈디시는 발길을 돌린다. 노란 헬멧을 쓴 머리가 맨홀 속으로 내려간다. 파란 작업복 차림의 남자가 막사 벽에 빗자루를 세운다. 정원을 장식하는 난쟁이 도자기는 초록색 앞치마를 두르고 있다. 수국 다발이 파르르 떤다. 눈처럼 새하얀 개가 울타리 옆에 서서 침묵을 지킨다. 눈처럼 새하얀 개는 빈디시의 뒷모습을 바라본다.

막사의 양철연통에서 연기가 솟아오른다. 파란 작업복 차림의 남자가 막사 주위의 진흙을 비로 쓸어낸다. 빈디시의 뒷모습을 바라본다.

집의 창문들은 닫혀 있다. 하얀 커튼이 시야를 가린다. 울타리 위로 두 줄의 가시철사가 녹슨 고리에 팽팽하게 걸려 있다. 차곡차곡 쌓인 장작의 끝 부리가 허옇다. 방금 팬 장작이다. 도끼날이 번득인다. 빨간 자동차가 마당 한가운데 서 있다. 연무 속에서 장미꽃들이 피어난다.

빈디시는 노란 헬멧을 쓴 남자의 턱 옆을 다시 지나간다.

가시철사가 끝난다. 파란 작업복 차림의 남자가 막사 안에 앉아 있다. 남자는 빈디시의 뒷모습을 바라본다.

빈디시는 발길을 돌린다. 대문 앞에 멈춰선다.

빈디시는 입을 벌린다. 노란 헬멧을 쓴 머리가 땅 위로 나와 있다. 빈디시는 얼어붙는다. 목소리가 나오지 않는다.

전차가 질주한다. 차창에 김이 서려 있다. 차장이 빈디시의 뒷모습을 바라본다.

대문 기둥에 초인종이 있다. 초인종에 흰 스위치가 붙어 있다. 빈디시는 스위치를 누른다. 빈디시의 손가락에서 초인종이 울린다. 마당에 초인종이 울린다. 멀리 집 안에 초인종이 울린다. 벽 너머에서 들리는 초인종 소리는 땅속에 파묻힌 듯 둔탁하다.

빈디시는 흰 스위치를 열다섯 번 누른다. 몇 번을 누르는지 센다. 빈디시의 손가락에서 울리는 날카로운 소리, 마당에 울리는 시끄러운 소리, 집 안에 울리는 둔탁한 소리가 뒤섞여 들려온다.

원예사는 유리 속에, 울타리 속에, 벽 속에 파묻혀 있다.

파란 작업복 차림의 남자가 양은그릇을 씻는다. 그가 바라본
다. 빈디시는 노란 헬멧을 쓴 남자의 턱 옆을 지나간다. 윗옷에
돈을 그대로 넣은 채 선로를 쫓아간다.

아스팔트 탓에 빈디시의 발이 아프다.

비밀말

빈디시는 방앗간에서 집으로 돌아간다. 한낮은 마을보다 더
크다. 해가 자신의 궤도를 불태운다. 움푹 팬 구덩이 바닥이 메
말라 갈라져 있다.

빈디시의 아내는 마당을 쓴다. 발가락 주위에 쌓인 모래가 마
치 물 같다. 움직이지 않는 물결이 빗자루를 에워싸고 있다. "여
름이 아직 한창인데, 아카시아 잎이 누렇게 떴어요." 빈디시의
아내는 말한다. 빈디시는 셔츠 단추를 푼다. "여름에 벌써 나뭇
잎이 시든 걸 보면, 올겨울 나기는 쉽지 않겠어."

닭들이 고개를 꼬아 날개 아래로 집어넣는다. 부리로 제 몸속의 그늘을 찾는다. 그늘은 조금도 시원하지 않다. 울타리 너머에서 이웃집의 얼룩 돼지들이 하얗게 꽃을 피운 야생 당근을 파헤친다. 빈디시는 가시철사 사이로 그 모습을 바라본다. "저치들은 돼지한테 먹이도 안 주나." 그는 말한다. "막돼먹은 왈라키아 종자들 같으니라고. 돼지 먹이를 어떻게 주는지도 모르다니."

빈디시의 아내는 빗자루를 배 앞에 똑바로 세운다. "돼지들도 코뚜레를 해야 할 모양이지요." 그녀는 말한다. "이러다간 겨울이 되기도 전에 돼지들이 온 집을 헤집어놓겠어요."

빈디시의 아내는 빗자루를 헛간으로 가져간다. "우편집배원 여자가 다녀갔어요. 트림을 하는데 화주 냄새가 어찌나 지독하던지. 경찰이 밀가루를 보내줘서 고맙다고 했대요. 그리고 아말리에더러 일요일 아침에 면담하러 오랬대요. 신청서와 우표값 육십 레이를 가지고요."

빈디시는 입술을 꽉 깨문다. 입이 커져서 얼굴 밖으로, 이마로 삐져나온다. "고맙다는 말이 무슨 소용이야." 그는 말한다.

빈디시의 아내가 고개를 처들며 말한다. "내가 그럴 줄 알았어요. 당신이 갖다주는 밀가루로는 해결이 안 된다니까요." 빈디시가 마당에서 소리친다. "그럼 내 딸더러 매트리스가 되란 말이야." 그는 모래에 침을 탁 뱉는다. "젠장, 이런 남부끄러운 일이 있나." 침 한 방울이 그의 턱에 매달려 있다.

"젠장이라고 백번 욕해봐야 일이 해결되진 않는다니까요." 빈디시의 아내는 말한다. 양 볼의 광대뼈가 두 개의 붉은 돌처럼 보인다. "지금 남부끄러운 일이 중요한 게 아니잖아요." 그녀가 말한다. "문제는 여권이라고요."

빈디시는 주먹으로 헛간 문을 쾅 닫는다. "어련하실까." 그는 크게 소리친다. "러시아에서 잘 배웠으니 어련하겠어. 거기서도 당신한텐 남부끄러운 일이 문제가 안 됐잖아."

"이런 비열한 인간." 빈디시의 아내는 소리친다. 헛간 문 속에 바람이 들어 있는 듯 열렸다가 닫힌다. 빈디시의 아내는 손끝으로 입가를 더듬는다. "우리 아말리에가 아직 숫처녀라는 걸 알면 경찰도 흥이 떨어질 거야." 그녀는 말한다.

빈디시는 웃는다. "숫처녀라고, 당신이 숫처녀였던 것처럼 말이지. 그때 묘지에서, 전쟁이 끝나고." 그는 이죽거린다. "러시아에서 수많은 사람이 굶어죽었는데, 당신은 몸을 팔아서 살아남았어. 내가 당신과 결혼하지 않았더라면, 전쟁이 끝나고도 계속 몸을 팔았을걸."

빈디시의 아내는 입을 반쯤 벌린다. 한 손을 쳐든다. 허공을 향해 집게손가락을 뻗는다. "당신 눈에는 모든 사람이 나쁘게만 보이지." 크게 소리친다. "당신 자신이 음흉한데다가 머릿속이 온전치 않으니까." 그녀는 갈라진 발꿈치로 모래 위를 걸어간다.

빈디시는 그녀의 발꿈치를 뒤쫓아간다. 빈디시의 아내는 베란다에서 멈춰선다. 앞치마를 들어 빈 테이블을 닦는다. "당신은 원예사 일도 제대로 해결 못 했어." 빈디시의 아내는 말한다. "다른 사람들은 모두 문제없이 그 집 안에 들어간단 말이야. 다들 어떻게든 여권을 손에 넣으려고 애쓰는데, 당신은 아니야. 그렇게 정직하고 잘났으니 어떡하겠어."

빈디시는 현관으로 들어간다. 냉장고가 윙윙거린다. "오전 내내 전기가 안 들어왔어." 빈디시의 아내는 말한다. "냉장고의 얼음이 다 녹아버렸다고. 이런 식으로 가다간 고기가 다 상하겠어."

냉장고 위에 편지봉투가 놓여 있다. "우편집배원 여자가 가져온 거야." 빈디시의 아내는 말한다. "모피가공사 편지예요."

빈디시는 편지를 읽는다. "루디 이야기는 없어. 다시 요양소에 들어간 모양이야." 빈디시는 말한다.

빈디시의 아내는 마당을 내다본다. "아말리에한테 안부 전해달라는 말은 있어요. 왜 직접 편지를 안 쓰는지."

"달랑 그 문장 하나뿐이야." 빈디시는 말한다. "PS라고 쓴 그 문장." 빈디시는 편지를 냉장고 위에 놓는다.

"PS가 무슨 뜻인데요." 빈디시의 아내가 묻는다.

빈디시는 어깨를 으쓱한다. "전에는 마력*이라는 뜻이었는데." 빈디시는 말한다. "무슨 비밀말일 거야."

빈디시의 아내는 문지방을 밟고 선다. "애들이 학교를 다니면 그렇다니까." 그녀는 한숨을 내쉰다.

빈디시는 마당에 선다. 고양이가 돌 위에 누워 있다. 잠을 잔다. 햇볕을 이불 삼아 덮고서. 고양이의 얼굴은 죽은 듯 보인다. 고양이의 배가 털 아래서 미약한 숨결을 지탱한다.

빈디시는 한낮의 햇살 속에서 건너편 모피가공사의 집을 본다. 햇빛을 받은 집이 노랗게 빛난다.

예배당

"왈라키아 침례교도들이 모피가공사의 집을 예배당으로 만들 거래." 방앗간 앞에서 야간경비원이 빈디시에게 말한다. "그 작은 오두막에 사는 사람들이 침례교도거든. 그치들은 기도하면서

---

* PS는 독일어 낱말 '마력Pferdestärke'의 약어이기도 하다.

깽깽거려. 여자들은 찬송가를 부르면서 침대에서 뒹구는 사람처럼 신음하고. 우리 개처럼 눈이 멍해진다니까."

방앗간 연못가에는 빈디시와 개뿐인데도, 야간경비원은 소리 죽여 속삭인다. 혹시 그림자가 다가와 엿보지 않는지, 엿듣지 않는지 어둠 속을 응시한다. "그치들은 전부 형제자매 사이야." 야간경비원은 말한다. "축제일에는 다들 모여 그 짓을 한대. 어둠 속에서 손에 잡히는 대로 아무하고나."

야간경비원은 눈으로 물쥐를 좇는다. 물쥐가 어린아이의 목소리로 찍찍 울며 갈대밭으로 뛰어든다. 개는 야간경비원의 속삭임을 듣지 않는다. 연못가에 서서 쥐를 향해 짖어댄다. "예배당 양탄자 위에서 그 짓거리들을 한다니까." 야간경비원은 말한다. "그래서 애가 그렇게 많은 거라고."

연못의 물과 야간경비원의 속삭임 때문에 빈디시는 코와 이마에서 알알하고 짭짤한 콧물이 흐르는 걸 느낀다. 혀에 경악과 침묵의 구멍이 뚫린 것만 같다.

"미국에서 온 종교래." 야간경비원은 말한다. 빈디시는 짭짤한 콧물 사이로 숨을 들이쉰다. "미국은 바다 건너에 있잖아."

"사탄은 바다도 건너지 않겠어." 야간경비원은 말한다. "그치들 뱃속에는 사탄이 있어. 우리 개도 그치들을 좋아하지 않아. 보기만 하면 짖는다니까. 개들은 사탄의 냄새를 맡거든."

빈디시의 혀에 뚫린 구멍이 서서히 채워진다. "미국에서는 유대인들이 주도권을 쥐고 있다고 모피가공사가 늘 입버릇처럼 말했어." 빈디시는 말한다. "맞아. 유대인들이 세상을 망치고 있다니까. 유대인들과 여자들이." 야간경비원은 말한다.

빈디시는 고개를 끄덕인다. 아말리에를 떠올린다. '아말리에가 토요일에 집에 올 때마다 발끝을 벌리고 걷는 게 보여.' 빈디시는 생각한다.

야간경비원은 푸르스름한 사과를 벌써 세 개째 먹는다. 윗옷 주머니에 푸르스름한 사과가 가득 들어 있다. "독일 여자들이 그렇다는 말은 정말인가봐." 빈디시는 말한다. "모피가공사가 편지에 썼어. 여기서 제일 모자라는 여자도 독일의 제일 괜찮은 여자들보다 더 쓸모 있대."

빈디시는 구름을 바라본다. "여자들이 최신 유행이라면 사족을 못 쓴대." 빈디시가 말한다. "알몸으로 거리를 나다니라고 하면 얼씨구나 좋아할 거라나. 모피가공사 말로는, 학교에 다니는 아이들도 벌써 벌거벗은 여자들이 나오는 잡지를 본다는 거야."

야간경비원은 윗옷 주머니 안의 푸르스름한 사과들을 뒤적거린다. 그는 입속의 것을 뱉고는 말한다. "폭우가 내린 다음부터 벌레 먹은 과일뿐이라니까." 그가 뱉은 사과 조각을 개가 핥는다. 개는 벌레를 먹어치운다.

"올여름은 좀 이상해." 빈디시는 말한다. "집사람은 날마다 마당을 쓸어. 아카시아 이파리가 시들어 떨어지거든. 우리 마당에는 한 그루도 없고, 왈라키아 사람들 마당에 세 그루가 있어. 나무에 아직 잎이 많은데도, 날이면 날마다 열 그루 분은 되는 누르스름한 이파리가 우리 집 마당에 쌓인다니까. 집사람은 그 많은 이파리가 도대체 어디서 오는지 모르겠대. 우리 집 마당에서 누런 잎을 그렇게 많이 보기는 평생 처음이야."

"바람에 날려오는 거겠지." 야간경비원은 말한다. 빈디시는 방앗간 문을 닫는다.

"바람 한 점 없는데." 그가 말한다. 야간경비원은 허공을 향해 손가락을 펼친다. "바람은 늘 불어. 우리가 못 느낄 뿐이지."

"독일에서도 한여름에 숲이 말라죽는대." 빈디시는 말한다.

"모피가공사가 편지에 썼어." 그는 말한다. 그리고 낮게 깔린 넓은 하늘을 바라본다. "그 집은 슈투트가르트에 자리를 잡았어. 루디는 다른 도시에 있대. 어딘지는 편지에 안 썼더라고. 모피가공사 부부는 저소득층을 위한 사회복지주택을 얻었어. 방이 세 개래. 부엌 한쪽에 식탁이 있고 욕실 벽면에는 거울들이 달렸다나."

야간경비원이 웃는다. "그 나이에도 거울에 비친 알몸을 보고 싶을까."

"가구는 돈 많은 이웃사람들에게 선물받았대." 빈디시는 말한다. "게다가 텔레비전까지. 옆집에 여자 혼자 사는데, 모피가공사 말로는 아주 얌전한 노부인이래. 그 노부인은 고기를 전혀 입에 안 댄대. 자기는 고기를 먹으면 죽는다고 했다나."

"거참 팔자 한번 늘어졌구먼." 야간경비원은 말한다. "루마니아에 한번 와보라고 해. 그러면 뭐든 닥치는 대로 먹을걸."

"모피가공사는 연금을 넉넉히 받아." 빈디시는 말한다. "그 안사람은 양로원에서 청소부로 일하고. 양로원 음식이 아주 맛있대. 노인들 가운데 하나가 생일을 맞이하면 춤판이 벌어진대."

야간경비원은 웃는다. "내가 그 자리에 있어야 하는데." 그가 말한다. "맛 좋은 음식에 젊은 여자들이라."

야간경비원은 사과의 심지까지 덥석 베어문다. 흰 사과 씨가 윗옷에 떨어진다. "난 잘 모르겠어. 신청서를 낼지 결심이 안 서." 그는 말한다.

빈디시는 야간경비원의 얼굴에서 멈춰 있는 시간을 본다. 그의 볼에서 끝을 본다. 야간경비원은 마을에 머무를 것이다. 끝을 넘어서.

빈디시는 풀을 내려다본다. 밀가루가 묻어 신발이 뽀얗다. "일단 시작만 하면 저절로 굴러가게 되어 있어." 그가 말한다.

야간경비원은 한숨을 내쉰다. "홀몸이다보면 그게 쉬운 일이 아니야. 오래 걸려. 게다가 우리는 앞으로 늙으면 늙었지, 젊어지지는 않아."

빈디시는 바짓가랑이에 한 손을 올려놓는다. 손은 차갑고, 허벅지는 따뜻하다. "여기 사정은 점점 나빠질 거야." 빈디시는 말한다. "저들은 닭이고, 달걀이고 닥치는 대로 빼앗아가고 있어. 심지어 아직 다 자라지도 않은 옥수수까지 빼앗아가는 판이야. 언젠가는 자네 집과 마당까지 뺏어갈걸."

달이 커다랗다. 쥐들이 물속으로 뛰어드는 소리가 들린다. "바람이 부나봐." 빈디시는 말한다. "다리가 단단하게 뭉쳐서 아파. 곧 비가 내리겠어."

개가 밀짚 더미 옆에서 짖는다. "바람이 골짜기에서 불어오면 비는 안 와. 구름이 끼고 먼지만 일 뿐이야." 야간병비원은 말한다. "폭풍이 몰아치지 않을까. 그러면 또 과일이 몽땅 떨어질 텐데." 빈디시는 말한다.

달이 불그스름하게 물든다.

"루디는 뭐 한대." 야간경비원은 묻는다.

"루디는 지금 쉬고 있어." 빈디시는 대답한다. 양 볼에서 뜨겁게 타오르는 거짓말을 느낀다. "독일에서는 유리를 만드는 게 좀 다른가봐. 모피가공사가 우리더러 크리스털을 가져오래. 베갯속으로 쓸 깃털과 도자기그릇도. 다마스크랑 속옷은 가져올 필요 없대. 그런 것은 독일에 쌔고 쌨대. 모피는 무진장 비싼가 봐. 모피랑 안경은."

빈디시는 풀줄기를 씹는다. "처음엔 쉽지 않을 거야."

야간경비원은 손가락으로 어금니를 쑤시며 말한다. "어디서든 일은 해야지."

빈디시는 풀줄기로 집게손가락을 감는다. "모피가공사 말로는 견디기 어려운 일이 하나 있대. 우리 모두 전쟁 때 겪어서 아는 병. 향수 말이야."

야간경비원은 사과를 손에 쥔다. "나라면 절대 향수병에 걸리지 않을 거야. 거긴 순전히 독일 사람들뿐일 텐데 뭐."

빈디시는 풀줄기로 매듭을 묶는다. "거기가 오히려 이방인들이 훨씬 더 많다고 편지에 쓰여 있더라고. 터키 사람들하고 흑인들이 있는데, 그 수가 엄청나게 빨리 늘어난대." 그는 말한다.

빈디시는 잇새로 풀줄기를 잡아당긴다. 풀줄기가 차갑다. 잇몸이 차갑다. 빈디시는 입안에 하늘을 머금고 있다. 바람과 밤하늘을. 풀줄기가 잇새에서 끊어진다.

흰나비

아말리에는 거울 앞에 서 있다. 슬립이 장밋빛이다. 아말리에의 배꼽 아래서 하얀 레이스가 자란다. 빈디시는 레이스 구멍 사이로 아말리에의 허벅지 살을 본다. 아말리에의 무릎에 솜털이 나 있다. 무릎은 희고 동그스름하다. 빈디시는 거울에 비친 아말리에의 무릎을 한 번 더 본다. 레이스의 구멍들이 한데 얽혀 하늘거리는 것을 본다.

거울 속에서 빈디시의 아내의 눈은 꼼짝도 하지 않는다. 빈디시의 눈 속에서 레이스들은 빠르게 깜박거리는 눈꺼풀에 밀려 관자놀이로 쫓겨난다. 빈디시의 눈초리에서 붉은 혈관이 부풀어 오른다. 붉은 혈관이 레이스를 잡아찢는다. 빈디시의 눈이 찢어진 레이스를 동공 속에서 빙그르르 돌린다.

창문이 열려 있다. 유리창에 비친 사과나무 잎들은 꼼짝도 하지 않는다.

빈디시의 입술이 불탄다. 입술이 뭐라고 말한다. 입술이 뭐라고 말하든 방 안에서는 혼잣말일 뿐이다. 자신의 이마를 향한 혼잣말.

"저 양반이 혼잣말을 하네." 빈디시의 아내가 거울을 향해 말한다.

열린 창을 통해 흰나비 한 마리가 방 안으로 날아든다. 빈디시는 눈으로 흰나비를 좇는다. 흰나비의 날갯짓에는 뽀얀 가루와 바람이 섞여 있다.

빈디시의 아내는 거울을 향해 손을 내민다. 생기 없는 손가락으로 아말리에의 어깨에 걸친 슬립 끈을 가지런히 매만진다.

흰나비는 아말리에의 빗 위로 날아간다. 아말리에는 한 팔을 길게 뻗어 빗으로 머리를 빗는다. 뽀얀 가루와 함께 흰나비를 좇아낸다. 흰나비는 거울에 앉는다. 거울 유리에 앉아 아말리에의 배 쪽으로 비틀비틀 다가간다.

빈디시의 아내는 거울을 손가락으로 누른다. 흰나비를 거울 유리에 짓이긴다.

아말리에는 뿌연 뭉게구름 두 뭉치를 겨드랑이에 뿌린다. 구름은 팔 아래서 슬립 속으로 흘러들어간다. 스프레이통은 검은색이다. 번쩍거리는 초록색으로 아일랜드의 봄이라고 커다랗게 쓰여 있다.

빈디시의 아내는 빨간 원피스를 의자등받이에 걸쳐놓는다. 높은 굽과 가느다란 끈이 달린 하얀 샌들을 의자 아래 놓는다. 아말리에는 핸드백을 연다. 손가락으로 눈꺼풀에 아이섀도를 바른다. "너무 진하게 바르지 마." 빈디시의 아내는 말한다. "잘못

하면 사람들 입방아에 오르내려." 거울 속에서 빈디시의 아내의 귀가 쫑긋 서 있다. 귀는 큼지막하고 회색이다. 아말리에의 눈꺼풀은 푸르스름한 물빛이다. "그만 됐어." 빈디시의 아내는 말한다. 아말리에의 마스카라는 검댕으로 만들어졌다. 아말리에는 얼굴을 거울에 바싹 갖다 댄다. 아말리에의 크게 뜬 눈은 유리로 만들어졌다.

아말리에의 핸드백에서 길쭉한 은박지가 양탄자 위로 떨어진다. 은박지 표면이 하얗게 볼록볼록 솟아 있다. "이게 뭐니." 빈디시의 아내가 묻는다. 아말리에는 허리를 굽혀 길쭉한 은박지를 주워 핸드백에 넣는다. "알약." 아말리에는 대답한다. 그녀는 검은 케이스 속의 립스틱을 돌린다.

"무슨 알약." 빈디시의 아내는 광대뼈를 거울에 비춰보며 묻는다. "아픈 데도 없는데."

아말리에는 빨간 원피스를 머리부터 뒤집어쓴다. 하얀 칼라 밖으로 이마가 빠져나온다. 눈은 아직 원피스 아래에 있다. "혹시 누가 알아요." 아말리에는 대답한다.

빈디시는 양손으로 관자놀이를 누른다. 그는 방을 나간다. 베란다의 빈 테이블 앞에 앉는다. 방 안은 어둡다. 그림자가 벽에 구멍을 뚫는다. 해가 나무들 사이에서 바스락거린다. 거울만 반짝인다. 거울 속에 아말리에의 붉은 입이 보인다.

키 작은 할멈들이 모피가공사의 집 앞을 지나간다. 검은 두건들의 그림자가 앞장선다. 그림자는 키 작은 할멈들보다 먼저 성당에 이를 것이다.

아말리에는 하얀 구두 굽으로 포석 위를 걷는다. 네모나게 접은 신청서를 하얀 지갑처럼 손에 들고 있다. 빨간 원피스가 종아리 위로 하늘거린다. 아일랜드의 봄이 마당에 흩날린다. 아말리에의 원피스는 햇빛을 받을 때보다 사과나무 아래서 더 새빨개 보인다.

빈디시는 발끝을 벌리고 걷는 아말리에를 본다.

아말리에의 머리카락 한 가닥이 대문 위로 날린다. 대문이 찰칵 닫힌다.

장엄미사

빈디시의 아내는 마당의 먹포도 뒤에 서 있다. "왜 장엄미사에 안 가요." 그녀가 남편에게 묻는다. 빈디시의 아내의 눈 속에서 포도알들이 자란다. 턱에서 초록색 잎들이 자란다.

"난 집 밖에 안 나가." 빈디시는 대답한다. "사람들이 이제 자네 딸 차례라고 말하는 소릴 듣고 싶지 않아."

빈디시는 팔꿈치를 테이블에 괸다. 두 손이 무겁다. 빈디시는 무거운 두 손으로 얼굴을 받친다. 베란다는 자라지 않는다. 환한 대낮이다. 한순간 베란다가 전에 없이 깊은 곳으로 추락한다. 빈디시는 충격을 느낀다. 그의 갈비뼈 사이에 돌덩이가 매달려 있다.

빈디시는 눈을 감는다. 눈동자가 손에 느껴진다. 얼굴 없이 눈만 있다.

빈디시는 헐벗은 눈과 갈비뼈 사이의 돌덩이를 느끼며 크게 말한다. "인간은 이 세상의 거대한 꿩이야." 빈디시가 듣는 것은 자신의 목소리가 아니다. 빈디시는 자신의 헐벗은 입을 느낀다. 그것은 벽이 말하는 소리였다.

불타는 공

옆집의 얼룩 돼지들이 야생 당근 위에 드러누워 자고 있다. 검은 여자들이 성당에서 나온다. 해가 반짝인다. 해는 작은 검은색 구두를 신은 여자들을 인도 위로 들어올린다. 여자들의 손은 묵주 탓에 호물호물하다. 여자들의 시선은 기도 덕분에 밝게 빛난다.

성당의 종이 모피가공사네 지붕을 넘어 한낮을 향해 울린다. 해는 정오의 종소리 위에 군림하는 커다란 시계다. 장엄미사는 끝났다. 하늘은 뜨겁다.

키 작은 할멈들이 지나간 인도는 텅 비어 있다. 빈디시는 눈으로 집들을 따라간다. 길이 끝나는 곳을 바라본다. '아말리에가 올 시간인데.' 빈디시는 생각한다. 풀밭에 거위들이 있다. 거위들은 아말리에의 샌들처럼 하얗다.

눈물방울은 장롱 안에 있다. '아말리에가 빗물을 안 채웠어.' 빈디시는 생각한다. '비가 올 때마다 아말리에는 집에 없었어. 늘 도시에 있었지.'

햇빛 속에서 인도가 움직인다. 거위들이 날아간다. 거위들은 날개 속에 하얀 수건을 가지고 있다. 눈처럼 하얀 아말리에의 샌들은 마을을 걸어오지 않는다.

찬장 문이 삐걱거린다. 병이 쿨렁거린다. 빈디시는 혀에서 젖은 공이 뜨겁게 불타는 것을 느낀다. 공은 목구멍을 떼구루루 넘어간다. 관자놀이에서 불길이 가물거린다. 공이 해체된다. 공은 빈디시의 이마를 뚫고 뜨거운 실을 잡아당긴다. 머리카락 사이

118

로 가르마처럼 삐쭉빼쭉 홈을 판다.

경찰의 제모制帽가 거울 주위를 빙그르르 돈다. 견장이 번쩍거린다. 파란 제복의 단추가 거울 한복판을 향해 점점 커져간다. 경찰 제복 위에 빈디시의 얼굴이 있다.

처음에 빈디시의 얼굴은 제복 위에서 크고 거만해 보인다. 그러더니 작아져서, 소심하게 견장에 기댄다. 경찰은 빈디시의 양볼 사이에서 빈디시의 크고 거만한 얼굴을 향해 히죽거린다. 그는 축축한 입술로 말한다. "밀가루로는 어림도 없어."

빈디시는 두 주먹을 불끈 처든다. 경찰의 제복이 산산조각난다. 빈디시의 크고 거만한 얼굴에 피가 튄다. 빈디시는 견장 위의 작고 소심한 두 얼굴을 죽도록 팬다.

빈디시의 아내는 깨진 거울을 말없이 쓸어담는다.

키스 자국

아말리에가 방문에 서 있다. 깨진 거울 조각에 빨간 얼룩이 묻어 있다. 빈디시의 피는 아말리에의 원피스보다 더 새빨갛다.

아일랜드의 봄이 아말리에의 종아리에 매달려 최후의 숨을 내쉰다. 아말리에의 목에 난 키스 자국은 원피스보다 더 새빨갛다. 아말리에는 하얀 샌들을 벗는다. "밥 먹자." 빈디시의 아내는 말한다.

수프에서 김이 오른다. 아말리에는 안개 속에 앉아 있다. 아말리에는 빨간 손가락 끝으로 수저를 든다. 수프를 들여다본다. 김이 아말리에의 입술을 움직인다. 아말리에는 수프를 후 분다. 빈디시의 아내는 한숨을 내쉬며 접시 앞의 회색빛 구름 속에 앉는다.

창문을 통해 나뭇잎들이 살랑거린다. '또 마당으로 날려오는군.' 빈디시는 생각한다. '마당으로 날려오는 이파리가 열 그루분은 된다니까.'

빈디시는 슬쩍 아말리에의 귓바퀴를 바라본다. 귓바퀴는 빈디시의 시선의 일부이다. 귓바퀴는 불그스름하고 눈꺼풀처럼 주름이 잡혀 있다.

빈디시는 보들보들한 흰 국수를 삼킨다. 국수가 목구멍에 걸린다. 빈디시는 수저를 식탁에 내려놓고 기침한다. 두 눈에 눈물이 고인다.

빈디시는 수프를 수프 속에 토한다. 입안이 시큼하다. 입안이 이마로 올라온다. 토해낸 수프 탓에 접시 속의 수프가 뿌옇다.

빈디시는 접시의 수프 속에서 넓은 마당을 본다. 어느 여름날 저녁의 마당을.

거미

빈디시는 축음기의 오목한 나팔 앞에서 토요일 저녁부터 일요일까지 바르바라와 함께 춤을 추었다. 두 사람은 왈츠 스텝을 밟으며 전쟁에 대해 이야기했다.

마르멜루나무 아래서 석유등이 가물거렸다. 석유등은 의자 위에 놓여 있었다.

바르바라의 목은 가늘었다. 빈디시는 그 가느다란 목과 춤을 추었다. 바르바라의 입은 핏기가 없었다. 빈디시는 그녀의 숨결에 매달렸다. 그는 이리저리 흔들렸다. 그 흔들림은 춤이었다.

마르멜루나무 아래에서 바르바라의 머리에 거미가 떨어졌다. 빈디시는 거미를 보지 못했다. 그는 바르바라의 귀에 몸을 기댔다. 통통히 땋아내린 검은 머리채 사이로 축음기 나팔에서 울려퍼지는 노랫소리가 들렸다. 빈디시는 바르바라의 단단한 턱을 느꼈다.

석유등 앞에서 바르바라의 귀고리에 붙은 초록색 토끼풀이 반짝였다. 바르바라가 몸을 돌렸다. 그 돌림은 춤이었다.

바르바라는 귀에 거미가 붙었다는 것을 알아챘다. 그녀는 화들짝 놀랐다. 소리를 질렀다. "난 죽을 거야."

모피가공사는 모래 속에서 춤을 추었다. 춤을 추며 지나갔다. 모피가공사는 웃었다. 바르바라의 귀에서 거미를 떼어냈다. 거미를 모래 속에 내던졌다. 신발로 거미를 짓밟았다. 그 짓밟음은 춤이었다.

바르바라는 마르멜루나무에 기댔다. 빈디시는 그녀의 이마를 짚었다.

바르바라는 한쪽 귀를 더듬어보았다. 초록색 토끼풀이 떨어지고 없었다. 바르바라는 초록색 토끼풀을 찾지 않았다. 더는 춤추려 하지 않았다. 울음을 터뜨렸다. "귀고리 때문에 우는 게 아니야." 그녀가 말했다.

나중에, 여러 날이 지난 후에, 빈디시는 바르바라와 함께 마을 벤치에 앉았다. 바르바라의 목은 가늘었다. 초록색 토끼풀 하나가 반짝였다. 나머지 한쪽 귀는 밤의 어둠에 싸여 있었다.

빈디시는 다른 귀고리 한 짝은 어디 있냐고 조심스럽게 물었다. 바르바라는 빈디시를 바라보았다. "그걸 어디서 찾겠어." 바르바라는 말했다. "거미가 전쟁터로 가져가버렸는걸. 거미들은 금을 먹거든."

전쟁이 끝나고 바르바라는 거미를 뒤쫓아갔다. 러시아에서 눈이 두번째로 녹으면서, 바르바라를 데려갔다.

양상추 잎

아말리에는 닭 뼈를 빨아 먹는다. 아말리에의 입안에서 양상추가 사각거린다. 빈디시의 아내는 닭 날개를 입으로 가져간다. "화주 한 병을 다 마셨더라니까." 그녀가 말한다. 그녀는 노르스름한 껍질을 우적우적 씹어 먹는다. "분해서지, 뭐."

아말리에는 포크로 양상추 잎을 찍는다. 양상추 잎을 입으로 가져간다. 목소리 때문에 양상추 잎이 파르르 떨린다. "아버지 밀가루로는 안 된다니까요." 아말리에는 말한다. 두 입술이 애벌레처럼 양상추 잎을 꽉 문다.

"원래 남자들은 괴로우면 술을 마시게 되어 있어." 빈디시의 아내는 미소짓는다. 속눈썹 위 아말리에의 푸르스름한 아이섀도에 주름이 잡힌다. "술을 마시니까 괴로운 거예요." 아말리에는 킬킬거린다. 양상추 잎 사이로 시선을 던진다.

키스 자국이 목에서 무르익는다. 퍼렇게 물든다. 아말리에가 음식을 삼킬 때마다 키스 자국이 움직인다.

빈디시의 아내는 허연 등뼈 조각을 쪽쪽 빨아 먹는다. 닭 모가지에 붙은 작은 살점을 삼킨다. "결혼하려면 눈을 크게 떠야 해." 빈디시의 아내는 말한다. "술은 몹쓸 병이야." 아말리에는 빨간 손끝을 핥아 먹으며 말한다. "건강에도 좋지 않고요."

빈디시는 검은 거미를 바라본다. "몸을 파는 게 건강에는 더 좋지."

빈디시의 아내가 손으로 식탁을 내리친다.

풀수프

빈디시의 아내는 오 년 동안 러시아에 있었다. 그녀는 막사의 철제침대에서 잠을 잤다. 침대 모서리에서 이가 바스락거렸다. 머리는 박박 깎였고, 얼굴은 잿빛이었다. 두피는 불긋불긋하게 헐었다.

산 위에 구름과 흩날리는 눈으로 이루어진 산맥이 또 있었다. 화물차 위에서 추위가 기승을 부렸다. 모두가 탄갱 앞에 내린 것은 아니었다. 아침마다 남자들과 여자들이 벤치에 앉아 있었다. 눈을 크게 뜬 채로. 그들은 사람들이 지나가도 꿈쩍하지 않았다. 그들은 꽁꽁 얼어 있었다. 저승에 앉아 있었다.

광산은 컴컴했다. 삽은 차가웠다. 석탄은 무거웠다.

눈이 처음으로 녹았을 때, 눈 덮인 돌 틈에서 가녀린 풀이 뾰족하게 올라왔다. 카타리나는 빵 열 조각에 겨울 외투를 팔았다. 위胃는 한 마리 고슴도치였다. 카타리나는 날마다 풀 한 줌을 꺾었다. 풀수프는 따뜻하고 맛있었다. 몇 시간 동안은 고슴도치가 가시를 옴츠렸다.

두번째 눈이 내렸다. 카타리나에게는 털담요가 있었다. 낮에는 담요가 외투였다. 고슴도치가 콕콕 찔러댔다.

날이 어두워지면 카타리나는 흰 눈에서 반사되는 빛을 쫓아갔다. 그녀는 허리를 굽혔다. 경비원의 그림자 옆을 몰래 기어갔다. 카타리나는 한 남자의 철제침대를 찾아갔다. 그 남자는 요리사였다. 요리사는 카타리나를 케테라고 불렀다. 그는 카타리나의 몸을 녹여주고 감자를 주었다. 감자는 뜨겁고 달콤했다. 몇 시간 동안은 고슴도치가 가시를 옴츠렸다.

125

눈이 두번째로 녹았을 때, 신발 아래서 풀수프가 자라났다. 카타리나는 빵 열 조각에 털담요를 팔았다. 몇 시간 동안은 고슴도치가 가시를 움츠렸다.

세번째 눈이 내렸다. 털조끼가 카타리나의 외투였다.

요리사가 죽었을 때, 눈에서 반사되는 빛은 다른 막사를 비추었다. 카타리나는 다른 경비원의 그림자 옆을 기어갔다. 한 남자의 철제침대를 찾아갔다. 그 남자는 의사였다. 의사는 카타리나를 카튜샤라고 불렀다. 카타리나의 몸을 녹여주고 흰 종이 한 장을 주었다. 질병증명서였다. 카타리나는 사흘 동안 탄갱에 가지 않아도 되었다.

눈이 세번째로 녹았을 때, 카타리나는 설탕 한 그릇에 털조끼를 팔았다. 젖은 빵에 설탕을 뿌려 먹었다. 며칠 동안은 고슴도치가 가시를 움츠렸다.

네번째 눈이 내렸다. 회색 털양말이 카타리나의 외투였다.

의사가 죽었을 때, 눈은 수용소 마당을 하얗게 비추었다. 카타리나는 잠든 개 옆을 기어갔다. 한 남자의 철제침대를 찾아갔다. 그 남자는 무덤 파는 인부였다. 마을의 러시아 사람들도 땅에 묻었다. 무덤 파는 인부는 카타리나를 카티야라고 불렀다. 그는 카타리나의 몸을 녹여주고 마을의 초상집에서 가져온 고기를 주었다.

눈이 네번째로 녹았을 때, 카타리나는 옥수수 가루 한 그릇에 회색 털양말을 팔았다. 옥수수 죽은 뜨거웠다. 크게 부풀어올랐다. 며칠 동안은 고슴도치가 가시를 옴츠렸다.

다섯번째 눈이 내렸다. 갈색 헝겊으로 지은 옷이 카타리나의 외투였다.

무덤 파는 인부가 죽었을 때, 카타리나는 그의 외투를 입었다. 눈을 좇아 울타리를 기어나왔다. 마을의 늙은 러시아 여인을 찾아갔다. 여인은 혼자였다. 무덤 파는 인부는 여인의 남편도 땅에 묻었다. 늙은 러시아 여인은 카타리나의 외투를 알아보았다. 죽은 남편의 외투였다. 카타리나는 여인의 집에서 몸을 녹였다. 염소젖을 짰다. 러시아 여인은 카타리나를 데보치카라고 불렀다. 그녀는 카타리나에게 염소젖을 주었다.

눈이 다섯번째로 녹았을 때, 풀밭에서 노란 꽃대들이 꽃을 피웠다.

풀수프에 노란 꽃가루들이 떠다녔다. 꽃가루는 달콤했다.

어느 날 오후, 초록색 자동차들이 수용소 마당에 도착했다. 자동차들은 풀을 짓이겼다. 카타리나는 막사 앞 돌 위에 앉아 있었다. 그녀는 자동차 타이어의 지저분한 자국을 바라보았다. 낯선 경비원들을 바라보았다.

여자들은 초록색 자동차에 올라탔다. 지저분한 바퀴 자국은 탄갱으로 이어지지 않았다. 초록색 자동차들은 작은 역 앞에 멈

취섰다.

카타리나는 기차에 올랐다. 너무 기뻐서 눈물이 났다.

기차가 고향을 향한다는 것을 알았을 때, 카타리나의 손에는 풀수프가 들러붙어 있었다.

갈매기

빈디시의 아내는 텔레비전을 켠다. 여가수가 바다 앞의 난간에 기대 있다. 치맛자락이 바람에 펄럭인다. 여가수의 무릎 위로 슬립의 레이스가 보인다.

갈매기 한 마리가 물 위로 날아간다. 화면 가장자리를 바싹 스치며 날아간다. 날개 끝으로 방 안을 찌른다.

"난 아직 한 번도 바다에 못 가봤어." 빈디시의 아내는 말한다. "바다가 그리 멀지만 않으면 갈매기들이 마을로 날아올 텐데." 갈매기가 수면을 향해 돌진한다. 물고기를 삼킨다.

여가수가 미소짓는다. 얼굴이 갈매기를 닮았다. 입을 달싹거리는 만큼이나 자주 눈을 떴다 감았다 한다. 여가수는 루마니아

아가씨에 대한 노래를 부른다. 여가수의 머리카락이 바닷물이 되려 한다. 관자놀이에서 작은 물결이 인다.

"루마니아 아가씨는 5월의 초원에 핀 꽃처럼 고와요." 여가수는 노래한다. 두 손으로 바다를 가리킨다. 모래에 뒤덮인 덤불이 바닷가에서 바르르 떤다.

한 남자가 물속에서 수영을 한다. 자신의 손을 뒤쫓아 헤엄친다. 저 멀리 바다를 향해. 남자는 혼자다. 그리고 하늘이 끝난다. 남자의 머리가 떠내려간다. 파도는 거무스름하다. 갈매기는 하얗다.

여가수의 얼굴은 부드럽다. 바람이 슬립의 레이스 자락을 내보인다.

빈디시의 아내는 화면 앞에 서 있다. 손가락으로 여가수의 무릎을 가리킨다. "레이스가 어쩜 이렇게 예쁘니." 그녀가 말한다. "틀림없이 루마니아 레이스는 아니야."

아말리에는 화면 앞에서 걸음을 멈춘다. "바닥에 세워두는 큰 꽃병의 무용수도 바로 이런 레이스가 달린 옷을 입고 있어."

빈디시의 아내는 뿔 모양의 롤빵을 탁자 위에 놓는다. 탁자 아래 양은주발이 놓여 있다. 토해놓은 수프를 고양이가 핥아 먹는다.

여가수가 미소짓는다. 입을 다문다. 여가수의 노래 뒤에서 바다가 해변을 덮친다. "네 아버지가 그 커다란 꽃병 살 돈을 줄 거야." 빈디시의 아내는 말한다.

"아니에요." 아말리아는 말한다. "나한테 모아놓은 돈이 좀 있어요. 그걸로 살 거예요."

어린 올빼미

일주일 전부터 어린 올빼미가 골짜기에 앉아 있다. 저녁이 되어 도시에서 돌아올 때마다 사람들은 어린 올빼미를 본다. 잿빛 땅거미가 선로를 에워싼다. 낯선 검은 옥수수가 기차를 향해 나부낀다. 어린 올빼미는 마치 눈밭 같은 시든 엉겅퀴 밭에 앉아 있다.

사람들은 역에서 내린다. 침묵을 지킨다. 일주일 전부터 기차는 기적을 울리지 않는다. 사람들은 가방을 단단히 여민다. 집을 향해 걸음을 옮긴다. 집으로 가는 길에 사람들과 마주치면 말한다. "다리 뻗고 쉬는 것도 이걸로 마지막이야. 내일 저 어린 올빼미가 죽음을 데려올걸."

신부는 복사를 성당 탑으로 올려 보낸다. 종소리가 울려 퍼진다. 다시 아래로 내려온 복사의 얼굴이 창백하다. "제가 종 치는 줄을 잡아당긴 게 아니라, 종 치는 줄이 저를 잡아당겼어요." 복사는 말한다. "들보를 꼭 붙잡지 않았더라면, 전 벌써 오래전에 하늘 높이 날아가버렸을걸요."

종이 울리자 어린 올빼미는 어쩔 줄을 몰랐다. 올빼미는 평지로 도로 날아갔다. 남쪽으로 날아갔다. 도나우 강을 따라서. 물결을 따라 병사들이 있는 곳으로 날아갔다.

남쪽의 평원은 나무 한 그루 없고 무덥다. 뜨겁게 작열한다. 어린 올빼미는 빨간 들장미 속에서 눈에 불을 붙인다. 가시철사 위로 날아가며 죽음을 부른다.

잿빛 아침 속에 병사들이 누워 있다. 병사들 사이에 덤불이 있다. 병사들은 기동훈련중이다. 그들은 손으로, 눈으로, 이마로 전쟁을 치른다.

장교가 큰 소리로 명령을 내린다.

한 병사가 덤불 속의 어린 올빼미를 본다. 무기를 풀밭에 내려놓는다. 그는 일어선다. 총알이 날아온다. 명중한다.

죽은 병사는 재단사의 아들이다. 죽은 병사는 디트마르다.

신부는 말한다. "어린 올빼미는 도나우 강가에 앉아 우리 마을을 생각했습니다."

빈디시는 자전거를 바라본다. 총에 맞은 디트마르의 소식을 마을에서 마당으로 전한다. "전쟁이 따로 없어." 빈디시는 말한다.

빈디시의 아내는 눈썹을 치켜올린다. "그건 올빼미 탓이 아니에요." 그녀는 말한다. "사고였다고요." 그녀는 사과나무의 누런 잎을 떼어낸다. 이마에서 발끝까지 빈디시를 훑어본다. 윗옷의 가슴 부분을, 심장이 뛰는 부분을 오랫동안 바라본다.

빈디시는 입안이 뜨겁게 달아오르는 걸 느낀다. "당신은 생각이 어찌 그리 짧아." 그는 버럭 소리를 지른다. "생각이 이마에서 입까지도 안 닿는다니까." 빈디시의 아내는 울면서 누런 잎을 짓이긴다.

빈디시는 모래알이 이마를 내리누르는 걸 느낀다. '자기 자신 때문에 우는 거야.' 그는 생각한다. '죽은 사람 때문이 아니라. 여자들은 늘 자기 자신 때문에 운다니까.'

여름부엌

야간경비원은 방앗간 앞의 벤치에서 자고 있다. 검은 모자가 야간경비원의 잠을 부드러우면서도 무겁게 만든다. 이마는 핏기 없는 길쭉한 띠이다. '저 친구 이마 속에 또 땅개구리가 들어 있어.' 빈디시는 생각한다. 야간경비원의 뺨에서 멈춰 있는 시간을 본다.

야간경비원은 꿈을 꾸며 잠꼬대를 한다. 그의 다리가 움찔한다. 개가 짖는다. 야간경비원이 잠을 깬다. 소스라치게 놀라 모자를 벗는다. 이마가 축축하다. "그 여자가 날 죽이려고 해." 야간경비원은 말한다. 목소리가 잠겼다. 목소리는 꿈속으로 돌아간다.

"집사람이 국수 미는 판에 알몸으로 웅크리고 누워 있었어." 야간경비원은 말한다. "집사람 몸이 어린애 몸만했어. 국수 미는 판에서 누르스름한 물이 뚝뚝 떨어졌어. 바닥이 흥건하더라고. 늙은 할멈들이 식탁에 둘러앉아 있었어. 모두 검은 옷을 입고서. 오래 빗질을 안 했는지 머리가 부스스했어. 말라깽이 빌마도 집사람만큼 작더라고. 빌마는 검은 장갑 한 짝을 들고 있었고, 발이 바닥에 안 닿았어. 창밖을 내다보고 있었어. 그때 장갑이 손에서 떨어졌어. 말라깽이 빌마는 의자 아래를 보았어. 장갑은 의자 아래 없었어. 바닥에는 아무것도 없더라고. 발아래 바닥이 너무 깊어서 빌마는 울었어. 쭈글쭈글한 얼굴을 찡그리며 말하더군. 죽은 사람들을 여름부엌에 내버려두다니, 남부끄러운 일이에요. 나는 우리 집에 여름부엌이 있는지도 몰랐다고 했어. 집사람이 국수 미는 판에서 고개를 들고는 미소지었어. 말라깽이 빌마가 집사람을 바라보았어. 집사람더러 신경 쓰지 말라더군. 그리고 나한테는 집사람에게서 물이 뚝뚝 떨어지고 악취가 난다더라고."

야간경비원의 입이 벌어져 있다. 뺨을 타고 눈물이 주르륵 흐른다.

빈디시는 야간경비원의 어깨를 붙잡는다. "그러다 자네가 돌아버리겠어." 그가 말한다. 윗옷 주머니 안에서 열쇠가 쩔그렁거린다.

빈디시는 구두코로 방앗간 문을 민다.

야간병비원은 검은 모자 안을 들여다본다. 빈디시는 자전거를 벤치 앞으로 끌고 간다. "우리 여권이 나온다네." 빈디시가 말한다.

의장대

경찰이 재단사네 마당에 서 있다. 그는 장교들에게 화주를 권한다. 집 안으로 관을 나른 병사들에게 화주를 권한다. 빈디시는 별이 달린 견장을 바라본다.

야간경비원이 빈디시 쪽으로 고개를 숙인다. "같이 술 마실 사람이 생겨서 경찰이 신났어." 야간경비원은 말한다.

노란 자두나무 아래 이장이 서 있다. 땀을 뻘뻘 흘린다. 종잇장을 들여다보고 있다. 빈디시가 말한다. "이장은 저 글을 못 읽어. 조사는 학교 여선생이 썼거든." "이장이 내일 저녁에 밀가루 두 포대 갖다달래." 야간경비원은 말한다. 화주 냄새가 진동한다.

신부가 마당에 모습을 드러낸다. 검은 옷자락이 바닥에 질질 끌린다. 장교들은 얼른 입을 다문다. 경찰은 화주병을 나무 뒤에 내려놓는다.

관은 금속관이다. 관은 이미 봉해져 있다. 엄청나게 커다란 담배상자처럼 마당에서 번쩍거린다. 의장대가 발맞추어 관을 마당으로 나른다. 장화 신은 발을 행진곡에 맞추어 내디딘다.

빨간 깃발 천으로 덮인 자동차가 움직인다.

남자들의 검은 모자들이 빠르게 걷는다. 여자들의 검은 두건들이 천천히 뒤따른다. 묵주의 검은 매듭에 걸려 비틀거린다. 시신을 나르는 마부도 오늘은 걸어간다. 그는 큰 소리로 말한다.

자동차 위의 의장대가 흔들거린다. 울퉁불퉁한 곳을 지날 때 병사들은 총을 단단히 붙잡는다. 의장대는 땅 위로 너무 높이 있고, 관 위로 너무 높이 있다.

크로너 할멈의 무덤은 아직 거무스름하고 불룩 솟아 있다.

"비가 안 와서 흙이 내려앉지 못했어." 말라깽이 빌마가 말한다. 수국 더미가 잘게 바스러져 있다.

우편집배원 여자가 빈디시 옆에 선다. "젊은이들도 장례식에 참석하면 얼마나 좋겠어요." 우편집배원 여자는 말한다. "몇 년 전부터 이렇다니까요. 마을에 초상이 나도 젊은 사람들은 볼 수가 없어요." 우편집배원 여자의 손에 눈물 한 방울이 떨어진다. "아말리에더러 일요일 오전에 면담이 있다고 전해줘요." 그녀는 말한다.

기도를 선창하는 여자가 신부의 귀에 대고 노래한다. 향이 그 입을 으스러뜨린다. 너무 뻣뻣하고 엄숙하게 노래하는 바람에 흰자위가 엄청나게 커져서 동공 위로 질질 흘러내린다.

우편집배원 여자는 훌쩍인다. 그러면서 빈디시의 팔꿈치를 붙잡는다. "그리고 밀가루 두 포대도 필요해요." 그녀는 말한다.

종소리가 혀를 아프게 때린다. 예포의 총성이 무덤들 위로 높이 날아간다. 묵직한 흙덩이가 금속관 위로 떨어진다.

기도를 선창하는 여인이 전적비 옆에 서 있다. 그녀는 곁눈질로 발을 디딜 자리를 찾는다. 빈디시를 바라본다. 기침을 한다. 노래로 지친 목에서 가래 갈라지는 소리가 그의 귀에 들려온다.

"아말리에더러 토요일 오후에 신부님을 찾아가라고 해요." 기도를 선창하는 여인이 말한다. "신부님이 명부에서 아말리에의 세례증을 찾아주실 거예요."

빈디시의 아내는 기도를 끝낸다. 두 걸음을 뗀다. 그녀는 기도를 선창하는 여자의 얼굴 앞에 선다. "세례증명서는 그리 급하지 않아요." 빈디시의 아내는 말한다. "급하고말고요." 기도를 선창하는 여인은 말한다. "당신네들 여권이 벌써 여권과에 나와 있다고 경찰이 신부님에게 말하던데요."

빈디시의 아내는 손수건을 구긴다. "이번 토요일에는 아말리에가 바닥에 세워두는 큰 꽃병을 가져올 텐데." 그녀는 말한다. "꽃병은 잘 깨지잖아요." "역에서 곧장 신부님한테 가지는 못하지." 빈디시는 말한다.

기도를 선창하는 여인은 구두코로 모래를 짓이긴다. "그럼 집에 먼저 들렀다가 나중에 신부님을 찾아가면 되잖아요." 그녀가 말한다. "아직 날이 긴데요 뭐."

집시들은 행운을 가져다준다

부엌 찬장이 텅 비었다. 빈디시의 아내는 찬장 문을 닫는다.

137

이웃마을의 작은 접시여자가 전에 식탁이 있었던 부엌 한가운데 맨발로 서 있다. 그녀는 냄비들을 자루 깊숙이 쑤셔넣는다. 그리고 꼭꼭 동여맨 손수건의 매듭을 푼다. 빈디시의 아내에게 이십오 레이를 건넨다. "이게 전부예요." 접시여자는 말한다. 길게 땋은 머리끝에 빨간 혀가 삐져나와 있다. "그리고 옷도 한 벌 줘요." 접시여자는 말한다. "접시들은 행운을 가져다주거든요."

빈디시의 아내는 아말리에의 빨간 원피스를 준다. "이제 그만 가요." 작은 접시여자는 찻주전자를 가리키며 말한다. "저기 찻주전자도 줘요. 내가 행운을 가져다줄게요."

파란 두건을 쓴 목부 여인이 작은 손수레에 침대 틀을 싣고 대문을 나선다. 등에 낡은 베개를 짊어지고 있다.

빈디시는 작은 모자를 쓴 남자에게 텔레비전을 가리킨다. 텔레비전을 켠다. 화면이 지글거린다. 남자는 텔레비전을 들고 나간다. 그는 텔레비전을 베란다 테이블에 내려놓는다. 빈디시는 남자의 손에서 지폐를 받는다.

집 앞에 마차 한 대가 서 있다. 젖을 짜는 목부 여자와 목부 남자는 전에 침대가 있던 흰 얼룩 앞에 서 있다. 두 사람은 장롱과 화장대를 바라본다. "거울은 깨졌어요." 빈디시의 아내가 말한다. 목부 여자가 의자를 높이 들고 의자 밑을 자세히 살펴본다. 남자는 손가락으로 식탁을 두드린다. "나무가 튼튼해요." 빈디시는 말한다. "요즘 가게에선 그런 가구 못 구해요."

방이 텅 빈다. 마차가 장롱을 싣고 거리를 달린다. 장롱 옆에 의자 다리들이 서 있다. 의자 다리들은 바퀴처럼 덜커덩거린다. 화장대와 식탁은 집 앞 잔디밭에 놓여 있다. 목부 여자가 잔디에 앉아 마차의 꽁무니를 바라본다.

우편집배원 여자는 커튼을 신문지로 둘둘 만다. 여자는 냉장고에 눈길을 준다. "그건 벌써 팔렸어요." 빈디시의 아내가 말한다. "오늘 저녁에 트랙터 기사가 가지러 올 거예요."

닭들이 모래 속에 머리를 박고 쓰러져 있다. 발이 꽁꽁 묶여 있다. 말라깽이 빌마는 닭들을 버드나무 광주리에 집어넣는다. "수탉은 눈이 멀어서 잡아먹었어요." 빈디시의 아내는 말한다. 말라깽이 빌마는 지폐를 센다. 빈디시의 아내는 손을 내민다.

재단사의 칼라 끝에 검은 리본이 달려 있다. 재단사는 양탄자를 두르르 만다. 빈디시의 아내는 재단사의 손을 본다. "운명은 피할 수 없어요." 그녀는 한숨을 내쉰다.

아말리에는 창밖의 사과나무를 바라본다. "난 잘 모르겠소." 재단사는 말한다. "생전 나쁜 짓이라곤 해본 적이 없는 아이인데."

아말리에는 목구멍에 울음이 치미는 걸 느낀다. 그녀는 창턱에 몸을 기댄다. 얼굴을 창밖으로 내민다. 아말리에의 귀에 총성이 들린다.

빈디시는 야간경비원과 함께 마당에 서 있다. "마을에 새 방아꾼이 나타났어." 야간경비원이 말한다. "작은 모자를 쓴 왈라키아 남자인데, 물방앗간이 많은 지역에서 왔대." 야간경비원은 윗옷과 바지, 셔츠를 자전거 짐받이에 싣는다. 호주머니에 손을 넣는다. "내가 선물하는 거라고 했잖아." 빈디시가 말한다.

빈디시의 아내는 앞치마를 잡아당기며 말한다. "받아요. 이 양반이 아저씨한테 주고 싶어해요. 집시들에게 줄 헌옷이 저기 또 한 무더기 있어요." 그녀는 양 볼을 만진다. "집시들은 행운을 가져다준대요."

양 우리

새 방아꾼이 베란다에 서 있다. "이장이 보내서 왔소." 그는 말한다. "내가 여기서 살게 될 거요."

작은 모자가 그의 머리에 삐딱하니 걸쳐 있다. 털조끼는 새것이다. 새 방아꾼은 베란다의 테이블을 바라본다. "저건 나한테 필요할 것 같소." 그가 말한다. 방아꾼은 집 안을 둘러본다. 빈디시는 그를 뒤따라간다. 빈디시의 아내는 맨발로 빈디시를 뒤따라간다.

새 방아꾼은 현관문을 살펴본다. 손잡이를 눌러본다. 현관의 벽과 천장을 살펴본다. 방문을 두드려본다. "문이 낡았군." 그가 말한다. 문틀에 기대 텅 빈 방을 들여다본다. "집에 가구가 딸려 있다고 들었는데." 새 방아꾼은 말한다. "무슨 가구가 딸려 있단 말이오." 빈디시가 말한다. "난 내 가구를 팔았을 뿐이오."

빈디시의 아내는 발꿈치로 쿵쿵 바닥을 울리며 현관에서 나간다. 빈디시는 관자놀이가 뛰는 걸 느낀다.

새 방아꾼은 방 안의 벽과 천장을 살펴본다. 창문을 여닫는다. 구두코로 마룻바닥을 눌러본다. "그럼 집사람한테 전화를 해야겠구먼." 그가 말한다. "가구를 가져오라고 해야겠소."

방아꾼은 마당으로 나간다. 그는 울타리를 살펴본다. 이웃집의 얼룩 돼지들을 바라본다. "나는 돼지 열 마리와 양 스물여섯 마리가 있소." 그는 말한다. "양 우리는 어디요."

빈디시는 모래에 떨어진 누르스름한 잎들을 바라본다. "우리는 양을 기른 적이 없소." 빈디시는 말한다. 빈디시의 아내가 빗자루를 들고 마당으로 나온다. "독일 사람들은 양을 기르지 않아요." 그녀는 말한다. 모래 속에서 빗자루가 바스락거린다.

"헛간은 차고로 쓰면 좋겠군." 새 방아꾼이 말한다. "널빤지를 구해 양 우리를 지어야겠소."

새 방아꾼은 손을 내밀어 빈디시와 악수를 한다. "방앗간이
좋더군요." 그가 말한다.

빈디시의 아내는 빗자루로 크게 원을 그리며 모래를 쓸어낸다.

은빛 십자가

아말리에는 바닥에 앉아 있다. 포도주잔들이 크기별로 죽 늘
어서 있다. 화주잔들이 반짝인다. 우묵한 과일접시의 우윳빛 꽃
들이 뻣뻣하게 굳어 있다. 꽃병들이 벽을 따라 서 있다. 바닥에
세워두는 큰 꽃병이 방 한구석을 차지하고 있다.

아말리에는 눈물방울이 든 작은 상자를 손에 든다.

재단사의 목소리가 아말리에의 관자놀이를 울린다. "생전 나
쁜 짓이라곤 해본 적이 없는 아이인데." 아말리에의 이마에서
불덩이가 뜨겁게 달아오른다.

아말리에는 목덜미에 경찰의 입을 느낀다. 경찰이 숨을 쉴 때
마다 화주 냄새가 진동한다. 경찰은 두 손으로 아말리에의 무릎

을 누른다. 원피스를 밀어올린다. "체 둘체 에슈티."* 루마니아
어로 말한다. 경찰의 모자가 구두 옆에 놓여 있다. 윗도리 단추
가 번쩍거린다.

경찰은 윗도리 단추를 푼다. "옷 벗어." 그가 말한다. 파란 윗
도리 아래 은빛 십자가가 매달려 있다. 신부는 검은 수도복을 벗
는다. 뺨을 덮은 아말리에의 머리카락을 뒤로 쓸어넘긴다. "립
스틱을 지워라." 신부가 말한다. 경찰은 아말리에의 어깨에 입
을 맞춘다. 은빛 십자가가 경찰의 입 앞에서 대롱거린다. 신부는
아말리에의 허벅다리를 쓰다듬는다. "슬립을 벗어라." 그가 말
한다.

아말리에는 열린 문틈으로 제단을 바라본다. 장미꽃 사이에
까만 전화기가 있다. 은빛 십자가가 아말리에의 젖가슴 사이에
매달려 있다. 경찰의 양손이 아말리에의 젖가슴을 움켜쥔다.
"너 참 예쁜 사과를 가지고 있구나." 신부는 말한다. 신부의 입
은 축축하다. 아말리에의 머리카락이 침대 모서리 아래로 늘어
진다. 의자 아래 하얀 샌들이 놓여 있다. 경찰이 속삭인다. "너
한테서 향긋한 냄새가 나." 신부의 손은 뽀얗다. 빨간 원피스가
철제침대 끝에서 반짝인다. 장미꽃 사이에서 까만 전화기가 울

---

* '너 참 예쁘구나'라는 뜻.

143

린다. "지금 시간 없어." 경찰이 신음하며 내뱉는다. 신부의 허벅지는 무겁다. "두 다리로 내 등을 감아봐라." 신부는 속삭인다. 은빛 십자가가 아말리에의 어깨를 누른다. 경찰의 이마가 축축하다. "몸을 돌려." 경찰은 말한다. 검은 수도복이 문 뒤의 기다란 못에 걸려 있다. 신부의 코가 차갑다. "내 작은 천사." 신부는 숨을 헐떡인다.

아말리에는 뱃속에서 하얀 샌들의 뒷굽을 느낀다. 이마의 불기둥이 눈에서 타오른다. 혀가 입안을 누른다. 은빛 십자가가 창유리에서 반짝인다. 사과나무에 그림자가 걸려 있다. 그림자는 검고 움푹 패어 있다. 그림자는 무덤이다.

빈디시가 방문에 서 있다. "귀 먹었니." 그가 말한다. 그는 커다란 여행가방을 아말리에에게 내민다. 아말리에는 문 쪽으로 고개를 돌린다. 볼이 촉촉하게 젖었다. "나도 안다." 빈디시가 말한다. "이별은 원래 힘든 법이야." 텅 빈 방 안에서 빈디시는 아주 커 보인다. "전쟁이 따로 없어." 빈디시는 말한다. "한번 떠나면, 언제 어떻게 다시 돌아올 수 있을지 아무도 몰라."

아말리에는 눈물방울을 한 번 더 채운다. "우물물을 넣으면 잘 흘러나오지 않을 거야." 아말리에는 말한다. 빈디시의 아내는 여행가방 안에 접시들을 세워놓는다. 한 손으로 눈물방울을 받아든다. 빈디시의 아내의 광대뼈는 부드럽고 입술은 촉촉하다. "그런 말은 믿으면 안 돼." 빈디시의 아내는 말한다.

빈디시는 머릿속에서 아내의 목소리를 느낀다. 외투를 가방에 내동댕이친다. "그것 좀 치우지 못해." 그가 버럭 소리를 지른다. "꼴도 보기 싫어." 빈디시는 고개를 떨어뜨린다. 그러고는 나지막이 덧붙인다. "그건 아무짝에도 쓸모없어. 사람 마음을 슬프게 할 뿐이야."

빈디시의 아내는 포크와 나이프를 접시 사이에 끼워넣으며 말한다. "사람 마음은 슬프게 할 수 있잖아요." 빈디시는 아내의 손가락을 본다. 아내가 끈적거리는 채로 털 사이에서 빼냈던 손가락을. 빈디시는 자신의 여권 사진을 바라본다. 고개를 설레설레 저으며 말한다. "원, 이렇게 발걸음을 내딛기가 어려울 수가."

여행가방 안에서 아말리에의 유리가 반짝인다. 벽의 흰 얼룩들이 자란다. 바닥은 차갑다. 전등이 가방 안에 길게 불빛을 드리운다.

빈디시는 윗옷 주머니에 여권을 찔러넣는다. "우리 운명이 앞으로 어떻게 될지는 아무도 몰라요." 빈디시의 아내는 한숨을 내쉰다. 빈디시는 찌르는 듯한 전등 불빛을 응시한다. 아말리에와 빈디시의 아내는 여행가방을 닫는다.

파마

나무 자전거가 울타리 속에서 삑삑거린다. 하얀 뭉게구름 자전거가 하늘 높이 조용히 떠다닌다. 하얀 뭉게구름을 둘러싼 구름들은 물이다. 연못처럼 잿빛이고 휑하다. 적막한 산맥만이 연못을 에워싸고 있다. 향수에 애달파하는 잿빛 산들.

빈디시는 커다란 여행가방 두 개를 나른다. 빈디시의 아내도 커다란 여행가방 두 개를 나른다. 그녀의 머리는 빠르게 걸음을 옮긴다. 그녀의 머리는 너무 작다. 광대뼈 속의 돌멩이들은 어둠에 묻혀 있다. 빈디시의 아내는 긴 머리를 싹둑 잘랐다. 짧은 머리에 파마를 했다. 틀니를 새로 해넣은 입은 단단하고 얄팍하다. 빈디시의 아내는 큰 소리로 이야기한다.

아말리에의 머리카락 한 가닥이 바람에 흩날린다. 성당 정원 앞에서 회양목 쪽으로 나부낀다. 머리카락은 아말리에의 귀로 되돌아온다.

움푹 팬 구덩이 바닥은 잿빛으로 갈라져 있다. 포플러나무가 빗자루처럼 하늘을 찌른다.

성당 문 옆의 십자가에서 예수님이 주무신다. 잠에서 깨면 너무 늦으셨으리라. 마을의 대기는 예수님의 드러난 맨살보다 더 밝다.

우체국의 자물쇠가 사슬에 매달려 있다. 열쇠는 우편집배원 여자의 집에 있다. 열쇠는 자물쇠를 연다. 면담을 위한 매트리스를 연다.

아말리에는 유리가 든 무거운 여행가방을 나른다. 어깨에는 핸드백을 메고 있다. 핸드백 안에는 눈물방울 상자가 들어 있다. 아말리에는 다른 한 손으로는 바닥에 세워두는 큰 꽃병을 나른다.

마을은 작다. 사람들이 골목길을 오간다. 사람들은 멀리 있다. 멀어져간다. 길이 끝나는 곳에 옥수수들이 검은 벽을 이루고 있다.

역의 주춧돌 주변에서 빈디시는 멈춰 있는 시간의 잿빛 안개를 본다. 우윳빛 이불이 선로를 덮고 있다. 이불은 발뒤꿈치까지 닿는다. 이불은 유리처럼 투명한 막에 싸여 있다. 멈춰 있는 시간이 여행가방을 꽁꽁 휘감는다. 팔을 잡아당긴다. 빈디시는 발을 질질 끌며 자갈 위를 걷는다. 그러다 토한다.

기차의 승강대는 높다. 빈디시는 우윳빛 이불 속에서 구두를 들어올린다.

빈디시의 아내는 손수건으로 좌석의 먼지를 닦는다. 아말리에는 큰 꽃병을 무릎에 올려놓는다. 빈디시는 얼굴을 창문에 기댄다. 객실 벽에 흑해의 그림이 걸려 있다. 물은 잔잔하다. 그림

147

이 흔들린다. 그림도 함께 출발한다.

"나, 비행기 타면 멀미할 거야." 빈디시는 말한다. "전쟁 때 겪어봐서 알아." 빈디시의 아내가 웃는다. 그녀의 새 틀니가 달그락거린다.

빈디시의 양복이 몸에 꼭 쩬다. 소맷부리가 손을 잡아당긴다. "재단사가 옷을 너무 꼭 끼게 만들었어요." 빈디시의 아내가 말한다. "괜히 비싼 천만 버렸다니까."

기차를 타고 가는 동안, 빈디시는 이마에 모래가 서서히 차오르는 것을 느낀다. 머리가 묵직하다. 눈이 잠 속으로 가라앉는다. 손이 떨린다. 다리가 움찔하면서 정신이 번쩍 든다. 빈디시는 차창 밖으로 넓게 펼쳐진 적갈색의 덤불을 본다. "올빼미가 아들을 데려간 뒤로 재단사는 제정신이 아니야." 빈디시는 말한다. 빈디시의 아내는 한 손으로 턱을 받친다.

아말리에의 머리는 어깨 위에 걸쳐 있다. 머리카락이 뺨을 뒤덮었다. 아말리에는 자고 있다. "잘도 자네." 빈디시의 아내는 말한다.

"머리를 자르고 나서는 고개를 도대체 어디에 둬야 할지 모르겠다니까요." 하얀 칼라에 수를 놓은 새 원피스가 물처럼 초록빛으로 빛난다.

기차가 덜컹덜컹 철교를 지난다. 객실 벽 너머에서, 강 너머에서 바다가 출렁거린다. 강에 물은 적고 모래는 넘친다.

빈디시는 작은 새들의 날갯짓을 눈으로 좇는다. 새들은 이리 저리 떼를 지어 날아간다. 덤불과 모래와 물뿐인 강변에서 숲을 찾는다.

기차는 속도를 늦춘다. 선로들이 복잡하게 뒤엉키고 도시가 시작된다. 도시 근교에 고철 더미가 널려 있다. 수목이 울창한 정원들에 작은 집들이 서 있다. 빈디시는 여러 선로들이 교차하는 것을 본다. 복잡하게 얽힌 선로에 정차해 있는 낯선 기차들을 본다.

목걸이의 금빛 십자가가 초록색 원피스 위에 매달려 있다. 십자가 주위는 온통 초록색이다.

빈디시의 아내가 팔을 움직인다. 목걸이에 매달린 십자가가 대롱거린다. 기차가 쏜살같이 달린다. 낯선 기차들 틈에서 빈 선로를 발견하고.

빈디시의 아내는 자리에서 일어난다. 두 눈이 자신감에 차서 똑바로 앞을 응시한다. 그녀는 역을 바라본다. 파마머리 아래의 두개관 속에서 그녀는 벌써 새로운 세계를 꾸몄다. 그 세계를 향해 빈디시의 아내는 커다란 가방을 나른다. 그녀의 입술은 차가운 잿빛이다.

"잘하면, 내년 여름에 다니러 갈 수 있겠어요." 빈디시의 아내는 말한다.

보도는 여기저기 갈라져 있다. 웅덩이들이 물을 마셔버렸다. 빈디시는 자동차 문을 잠근다. 자동차 위에서 은빛 고리가 번쩍거린다. 고리 안의 막대기 세 개가 마치 손가락 세 개처럼 보인다. 보닛 위에 죽은 파리들이 나동그라져 있다. 차창에 새똥이 말라붙어 있다. 뒤 트렁크에 디젤이라는 글자가 쓰여 있다. 마차가 덜커덩거린다. 말들의 몸집이 우람하다. 마차에 먼지가 수북하다. 마부는 처음 보는 사람이다. 작은 모자 아래로 커다란 귀가 보인다.

빈디시와 빈디시의 아내는 같은 옷감으로 지은 옷을 입고 걷는다. 빈디시는 회색 양복을 입고 있다. 빈디시의 아내도 같은 회색 정장 차림이다.

빈디시의 아내는 검은 하이힐을 신고 있다.

빈디시는 움푹 팬 구덩이의 갈라진 땅바닥이 구두 아래서 자신을 잡아당기는 것을 느낀다. 빈디시의 아내의 핏기 없는 장딴지에서 푸르스름한 혈관이 사라진다.

빈디시의 아내는 경사진 빨간 지붕들을 바라본다. "꼭 난생처음 보는 마을 같아요." 마치 경사진 지붕들이 구두 아래의 빨간 조약돌인 양 말한다. 나무가 그녀의 얼굴에 그림자를 드리운다. 그녀의 광대뼈는 돌멩이처럼 단단해 보인다. 그림자가 나무 속으로 물러난다. 그녀의 턱에 주름을 남긴다. 금빛 십자가가 빛난다. 해가 십자가를 에워싼다. 해가 십자가에 불꽃을 들이민다.

우편집배원 여자가 회양목 울타리 옆에 서 있다. 찢어진 에나멜가죽 가방을 들고 있다. 우편집배원 여자는 볼을 내민다. 빈디시의 아내는 그 볼에 입을 맞춘다. 리터 슈포르트 초콜릿 한 판을 건넨다. 하늘색 포장지가 반짝인다. 우편집배원 여자는 금빛 테두리에 손가락을 얹는다.

빈디시의 아내는 광대뼈 속의 돌멩이들을 움직인다. 야간경비원이 빈디시에게 다가온다. 검은 모자를 벗는다. 빈디시는 자신의 셔츠와 윗옷을 알아본다. 바람이 빈디시의 아내의 턱으로 그늘 한 점을 보낸다. 그녀는 고개를 돌린다. 그늘이 정장 윗도리로 떨어진다. 빈디시의 아내는 그늘 한 점을 죽은 심장처럼 칼라 옆에 달고 다닌다.

"그사이에 나 결혼했어." 야간경비원은 말한다. "골짜기 목장에서 젖을 짜는 목부야."

빈디시의 아내는 술집 앞 빈디시의 자전거 옆에 서 있는 파란 두건을 쓴 목부 여자를 본다. "나도 아는 여자예요." 빈디시의 아내는 말한다. "우리 침대를 사갔거든요."

젖 짜는 여자는 길 건너 성당 앞의 광장을 바라본다. 사과를 먹으며 기다린다.

"그럼 자네는 이곳을 떠나지 않을 셈인가." 빈디시가 묻는다. 야간경비원은 손에 든 모자를 구긴다. 술집을 건너다본다. "난 여기 남겠어." 야간경비원은 말한다.

빈디시는 자신의 셔츠에 묻은 지저분한 얼룩을 응시한다. 야간경비원의 목에서 혈관이 멈춰 있는 시간을 두드린다. "집사람이 기다려." 야간경비원은 말한다. 그는 건너편 술집을 가리킨다.

재단사는 전몰자 기념비 앞에서 모자를 벗는다. 구두코만 보며 걷는다. 성당 문 앞에서 말라깽이 빌마 옆에 선다.

야간경비원은 빈디시의 귓가에 입을 갖다 댄다. "마을에 어린 올빼미가 있어." 그가 말한다. "올빼미는 마을 사정에 훤해. 올빼미 때문에 말라깽이 빌마가 앓아누웠었어." 야간경비원은 미소짓는다. "말라깽이 빌마는 영리해. 올빼미를 멀리 쫓아버렸거든." 그는 술집을 건너다본다. "그만 가야겠어."

재단사의 이마 앞에서 흰나비가 나풀거린다. 재단사의 양 볼이 핼쑥하다. 커튼처럼 눈 아래로 처져 있다.

흰나비는 재단사의 볼을 뚫고 날아간다. 재단사는 고개를 떨어뜨린다. 흰나비는 재단사의 뒤통수에서 조금도 구겨진 데 없이 하얗게 날아나온다. 말라깽이 빌마는 손수건을 펄럭인다. 흰나비는 빌마의 관자놀이를 지나 머릿속으로 날아들어간다.

야간경비원은 나무 아래로 걸어간다. 빈디시의 낡은 자전거를 끌고서. 자동차의 은빛 고리가 야간경비원의 윗옷 주머니 안에서 쩔그렁거린다. 젖 짜는 여자는 맨발로 풀을 밟으며 자전거를 따라간다. 파란 두건이 물에 젖은 얼룩처럼 보인다. 두건 안에서 이파리들이 헤엄을 친다.

기도를 선창하는 여인이 두툼한 성가집을 들고 느릿느릿 성당 문 안으로 들어간다. 그녀는 성 안토니우스의 책을 들고 간다.

성당의 종이 울린다. 빈디시의 아내는 성당 문에 서 있다. 오르간이 어두운 공기 속에서 빈디시의 머리카락을 가르고 윙윙거린다. 빈디시는 아내와 나란히 신도석 사이의 삭막한 통로를 지나간다. 빈디시 아내의 구두 굽이 또각또각 돌바닥에 부딪힌다. 빈디시는 두 손을 모으고 몸을 숙인다. 빈디시는 아내의 금빛 십자가에 매달린다. 그의 뺨에 유리 같은 눈물 한 방울이 맺힌다.

말라깽이 빌마의 눈이 빈디시를 좇는다. 말라깽이 빌마는 고개를 숙인다. "저 사람 나치 군복을 입고 있어." 그녀가 재단사에게 말한다. "저 사람들 고해도 안 하고 영성체를 하러 가네."

시학과 현실의 절묘한 만남

헤르타 뮐러는 2008년 〈악첸테Akzente〉와의 인터뷰에서 "문학은 일상을 비추는 거울"이라고 말한다. 작가는 자연히 자신의 체험과 경험을 바탕으로 글을 쓰게 되고, 따라서 문학은 현실을 묘사할 수밖에 없다는 것이다. 1986년 발표된 소설 『인간은 이 세상의 거대한 꿩이다Der Mensch ist ein großer Fasan auf der Welt』도 당시 독재 치하의 루마니아에서 소수민족으로 살아가던 독일인들의 암울한 삶과 고뇌를 생생하게 그려낸다. 인간으로서의 품위와 상식, 도덕과 정의가 아니라 탐욕과 뇌물, 술수와 불법이 판치는 곳에서 빈디시 가족은 그토록 소원하는 여권을 손에 넣기 위해 뇌물을 바치고 결국은 소중한 외동딸의 몸까지 내어준다.

이 책에서 헤르타 뮐러는 루마니아의 슈바벤 독일 마을을 배경으로 인간의 삶과 죽음, 고난과 불행, 전쟁, 시간, 사랑과 우정, 기다림과 불안, 이별과 만남을 이야기한다. 특히 죽음, 이별, 시간은 소설을 가로지르는 중요한 모티프들이다. 사랑하는 사람이나 고향, 과거와의 이별. 올빼미로 상징되는 죽음. 그리고 멈춰선 시간과 끝을 넘어서서 새 출발을 약속하는 시간.

헤르타 뮐러는 독재 치하의 부조리한 삶과 고루한 슈바벤 독일 사람들을 날카롭게 비판하는 동시에, 권력의 횡포 앞에서 스스로의 존엄성을 지키지 못하는 나약한 인간 존재의 본성 깊숙이 뚫고 들어간다. 사람들은 한편으로는 고통스러웠던 지난 역사의 멍에에 묶여 신음하고, 또 한편으로는 현재의 비참한 삶의 무게에 짓눌려 허덕인다. '인간은 이 세상의 거대한 꿩이다'라는 말은 바로 이러한 인간의 모습을 단적으로 표현하는 루마니아 속담이다. 날개가 퇴화한 꿩은 위기에서 스스로를 지키지 못하고 쉽게 먹이로 전락한다. 몸집만 커다란 꿩은 어설프고 무력하게 세상을 살아가는 인간을 상징한다. 인간은 위기에서 도망치지 못하는 꿩처럼 때로는 무력하고 때로는 비열하고 비겁하다. 그러나 어설픈 가운데서도 어떤 식으로든 역경을 헤치며 생명을 이어간다. 이 소설에서 삶은 처절한 고통이고 인내이고 살아남기 위한 끈질긴 투쟁이다. '생존'이라는 엄숙한 사명 앞에서 나머지 모든 것은 문제가 되지 않는다. 빈디시의 아내는 남부끄러운 일은 문제가 안 된다고 당당하게 말한다. 목적을 위해서라면 모든 것이 가능한 세계, 결국 살아남기 위해 현실에 굴복하는 인간, 그것은 생존을 위한 대가이다.

헤르타 뮐러는 역사적 사건을 배경으로 무력하고 나약한 소시민들의 삶을 적나라하고 담담하게 묘사한다. 너무나 충격적이고 비도덕적인 행태를 아무런 수식이나 설명 없이 자명한 일인 듯 간결하게 이야기하기 때문에, 독자에게는 더욱 충격적으로 느껴진다. 헤르타 뮐러의 관심은 존재 그 자체, 사물의 본질로 향한다. 따라서 곧바로 삶의 핵심을 파고들어 군더더기 없는 몇 문장으로 압축시켜 표현한다. 예를 들어 이차 세계대전이라는 역사의 격렬한 소용돌이에 휘말린 인간의 삶을 짧은 세 개의 문장에 응축시켜 표현한다.

카타리나는 빈디시처럼 죽음을 보았다. 카타리나는 빈디시처럼 살아 돌아왔다. 빈디시는 자신의 삶을 얼른 카타리나에게 붙들어 매었다. (67쪽)

이 세 문장에 전쟁과 시련, 죽음과 삶, 인간의 무력감과 생존 의지가 집약되어 있다.

또한 헤르타 뮐러는 말하고자 하는 바를 감각적인 형상에 시적으로 깊게 농축시켜 담아낸다. 제 사과를 먹는 사과나무는 마을 재판관을 두려움에 떨게 한다. "재판관의 관자놀이에서 생명의 작은 망치들이 툭탁거렸다." 또는 경찰을 만나러 가기 위해 몸단장을 하는 아말리에에 대한 빈디시의 착잡하고 사나운 심경은 부풀어오르는 눈의 혈관을 통해 비유적으로 표현된다.

> 빈디시의 눈 속에서 레이스들은 빠르게 깜박거리는 눈꺼풀에 밀려 관자놀이로 쫓겨난다. 빈디시의 눈초리에서 붉은 혈관이 부풀어오른다. 붉은 혈관이 레이스를 잡아찢는다. 빈디시의 눈이 찢어진 레이스를 동공 속에서 빙그르르 돌린다. (113쪽)

이처럼 예리한 시선으로 삶의 핵심을 뚫고 들어가, 짧고 간결한 문장과 상징적인 형상에 압축적으로 집약시켜 표현하기 때문에 헤르타 뮐러의 작품은 언뜻 쉽게 이해되지 않는다. 때로는 어디까지가 현실이고 비현실인지 구분하기 어려우며, 수수께끼처럼 느껴지기도 한다. 그러나 찬찬히 곱씹으면, 그 깊은 의미의 차원이 열리면서 감탄을 자아낸다. 낱말이나 문장 하나하나에 존재의 넓고 심오한 차원이 담겨 있다고 할 수 있다. "현실을 담아내기 위해서 문학은 기교적이어야" 한다는 뮐러의 말은 이런 맥락에서 이해할 수 있다.

"내게 문학은 극히 인위적인 것입니다. 물론 온갖 술수와 방법을 동원해, 나는 하나의 문장, 하나의 인물, 하나의 상황에 가능한 한 많은 것을 담아내려고 노력합니다." (〈악첸테〉 인터뷰)

헤르타 뮐러는 언어의 경제성을 극대화하여, 극히 짧은 문장으로 많은 것을 말한다. 뮐러의 문학은 압축된 간결한 언어, 서정적인 아름다운 문체, 시적으로 농축된 감각적인 형상, 함축적인 심오한 상징, 예리하고 비판적인 현실 해부로 특징지어진다. 『인간은 이 세상의 거대한 꿩이다』 역시 냉정하고 날카로운 현실 묘사와 비판을 더없이 아름다운 시적 언어에 담아낸다. 응축된 시적인 언어와 무겁고 음울한 삶이 절묘하게 어우러져 독특한 심상을 불러내면서 현실과 비현실, 삶과 시학의 경계를 해체해 독자를 성찰의 세계 깊숙이 데려간다.

김인순

지은이 **헤르타 뮐러**

1953년 루마니아 니츠키도르프에서 태어났다. 티미쇼아라대학에서 독문학과 루마니아어문학을 전공했다. 소설집『저지대』로 데뷔했으며, 장편소설『인간은 이 세상의 거대한 꿩이다』『그때 이미 여우는 사냥꾼이었다』『마음짐승』『오늘 나와 마주치지 않았으면』『숨그네』, 산문집『악마가 거울 속에 앉아 있다』『왕은 고개를 숙이고 죽인다』, 시집『모카잔을 든 우울한 신사들』등을 발표했다. 아스펙테 문학상, 리카르다 후흐 문학상, 로즈비타 문학상, 독일비평가상 등 독일의 거의 모든 주요 문학상을 휩쓸었고, 2009년 노벨문학상을 수상했다.

옮긴이 **김인순**

고려대 독문과를 졸업하고 독일 칼스루에 대학에서 수학했으며 고려대 독문과에서 박사학위를 받았다. 현재 고려대에 출강중이다. 옮긴 책으로『저지대』『깊이에의 강요』『법』『열정』『유언』『반항아』『하늘과 땅』『결혼의 변화』(상·하)『성깔 있는 개』『기발한 자살여행』『독 끓이는 여자』등이 있다.

문학동네 세계문학

인간은 이 세상의 거대한 꿩이다

초판 인쇄 2010년 8월 10일 | 초판 발행 2010년 8월 20일

지은이 헤르타 뮐러 | 옮긴이 김인순 | 펴낸이 강병선
책임편집 황문정 | 편집 박여영
디자인 송윤형 이원경 | 저작권 김미정 한문숙
마케팅 정민호 김도윤 장선아 나해진 박보람 정진아 | 온라인 마케팅 이상혁 한민아
제작 안정숙 서동관 김애진 정구현 | 제작처 (주)상지사P&B

펴낸곳 (주)문학동네
출판등록 1993년 10월 22일 제406-2003-000045호
주소 413-756 경기도 파주시 교하읍 문발리 파주출판도시 513-8
전자우편 editor@munhak.com | 대표전화 031) 955-8888 | 팩스 031) 955-8855
문의전화 031) 955-3576(마케팅) 031) 955-2659(편집)
문학동네카페 http://cafe.naver.com/mhdn

ISBN 978-89-546-1223-4 03850

www.munhak.com